再版序言

再版这套书，两个原因。

一是不停有读者询问。这对作者来说，当然受宠若惊，10多年前开始出的书，仍然有人想看，我有责任不让读者只能淘二手书，或者买那些来历可疑的版本。

二是《我爱问连岳》系列恢复新书出版，再版之前的旧书也有必要，整个体系才完整。

所以，有这套我重新编辑的《我爱问连岳》(1至5)。

想到自己无意当中开始记录这个时代的爱，还是挺开心的，它值得我继续。

祝你阅读开心。

连岳

目录

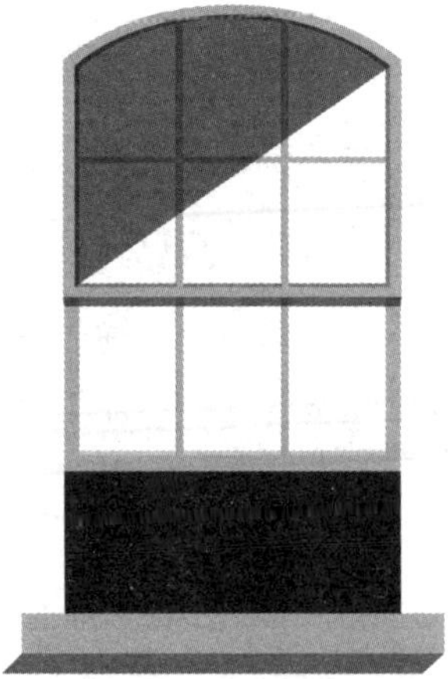

你要的“健全”，不过是“健全”的冷酷而已

连岳：

你好。

丈夫半年前在网上交了个网友之后，整个人都变了。为了达到尽快离婚的目的，他变本加厉地摧残我，不仅动手打我，还从精神上折磨我。

我打听到，那个女人是个在生活上很不检点的人。我不知道丈夫为什么会鬼迷心窍爱上她，甚至在知道她不清白的过去之后还是对她死心塌地。

面对这样一个疯狂了的人，我也不想再和他过下去了，可是为了自己的女儿有个健全的家，我还是不舍得放弃这一切。

我一直对这个家、对他、对孩子照顾有加，连他自己都说“挑不出你什么毛病”，可为什么却落得这样的结局？我现在心里也充满了仇恨，我想报复，让他身败名裂。

陈香

陈香：

先知摩西带领寄居的以色列人出埃及，找到自己的神应许的“流奶与蜜”的土地；几十年在野地里流浪的过程中，以色列人一碰上难题，就会冲着摩西大发怨言：巴不得我们早死在埃及法老的手下，那时我们坐在肉锅的旁边，吃得饱足；你将我们领出来，到这旷野，是要叫我们全都饿死啊！

这说明不同的人对幸福生活有完全不同的解释，摩西要自由，而许多人更喜欢坐在肉锅旁边，哪怕身份是一个受人呵斥的奴隶。这还说明，人的惰性是如何侵蚀人的尊严与智力的，在前行的路上总是会想到做奴隶的甜美。

你的惰性是在对“健全的家”的曲解上面。当然，不必苛责你，这种惰性如此普遍，如此大声，以至于形成合唱，使我们根本不知道“健全的家”是怎么一回事，这就像奴隶当久了，眼中只看得到肉锅一样。

你所谓的“健全的家”，只有一个简单的条件：一个男人与一个女人及他们的孩子，不可分离。只要这个人数凑满了，这个“健全的家”中，男人充满暴力，女人充满怨恨，都是可以接受的。据你说，这还是为了孩子好。

孩子孩子，多少婚姻罪恶假汝之名而行！多少不敢担当的父母把你变成了替罪羔羊。

我曾收到一个孩子的邮件，证明我的判断是对的，也证明孩子们的智力是正常的，看得出这个世界上许多荒唐滑稽的事情，哪怕这些事情是发生在他的父母身上。这个孩子以极其嘲讽的语调向我描述了父母名存实亡的婚姻，他们的虚与委蛇、他们的互相仇恨、他们的唇枪舌剑，而且习惯性地对他抱怨：要不是为了你，我们早离了。他在邮件里说，我觉得，他们为了我，才应该早离了，他们只是为了他们自己，才不离的吧？

这是一个不到二十岁的孩子（也许称他为孩子不够尊重他的成熟），在邮件里表现出来的洞见与冷静，让我非常感叹，仅从这封邮件来看，我相信E世代的人比他们的上一代人（包括我）聪明得多，没那么多虚伪架子。

我不知哪根筋断了，走神了，当时没有在报纸上回复这封邮件。也许，他太聪明，所以太冷酷？这个世界上，恐怕有百分之三十的婚姻是打着“为了孩子好”的幌子而苟延残喘的，一个孩子真实的感受，很微小，但是像针尖，会戳破这些毫无重量的气球婚姻。也许是怕引发离婚潮，我没有让这封邮件见光？

今天，我还是决定让它见光。

我觉得应该相信你的智慧与心量，可以承受这样的真话。

至少，这样可以剥夺你的借口，这样拖下去，绝不是“为了孩子好”，从此以后，你说这样的话时，会有些不好意思。直面你自己的真实想法，你不过是为了方便地“报复，让他身败名裂"，不让报复的对象离自己的射程太远。孩子，只是你绑的肉票。

把事情的真相显现出来，你可以再做决定，如果还是愿意"报复"，我建议你至少在心里对孩子说："孩子，对不起，我一定要对付他们！"在自己快意恩仇之时，存一分对他的愧疚。

若是决定"为了孩子好"，应该可以冷静下来，一个孩子看着他的父母互相折磨，毫无解决问题的智慧，也无宽容怜悯之心，他除了变得更加不快乐、更加残忍、更加绝望之外，他还能得到什么？

你要的"健全"，不过是"健全"的冷酷而已：你的丈夫、你自己、你的孩子，一个都不能逃离。

宁愿当残损的先知，也不要当健全的奴隶；宁愿要一个有责任感、正常、温暖的单亲家庭，也不要一个集中营一样的婚姻地狱。

收手吧，摄心吧，这样干下去，先身败名裂的是你。而且，必然毁掉你的孩子。

连岳

2003年3月10日

人生是孤单的，因此要找个有趣的人共度

连岳：

这一年曾经先后有朋友介绍两位男士给我认识。一位是平和家庭型的，另一位是干练上进的有为青年。见面后都十分热情，电话约会频频。可惜待得约会三两次，男士们都杳无音讯，如此前后反差，我实在不得其解。暗自猜度若他们嫌弃我年龄过老，举止相貌粗鄙，性格顽劣，初见面后应该就没有联络。几次约会，我也是积极响应，谨慎应对。况且我自己身为项目咨询，与人打交道也是常事，想必待人接物也略有分寸，工作中同事关系也还不错，即使有缺点若干，也不至于让人忽然退避三舍。

百般反省不得结果，一个已婚女友遥遥指点，说我是太过优秀聪明了，以致让男人逃走。这评价在20岁的时候求之不得，不过现在，这话在年近30岁时让人自卑的程度，远胜过20岁时被人说作丑陋愚笨。事实上，若我果真是家财万贯，指点风云的女强人也罢了，可惜自知自己不过是个普通的小职

员，在大城市艰难生存，维护一点小小的梦想，比如小波说的“人生是孤单的，因此要找个有趣的人共度”，又谈何优秀聪明强人呢？

写到这里忽然想起，有为青年曾经跟我说，他如何在佳节加班，遥望窗外灯火，分外寂寞。我那时想必鬼使神差，脱口而出：我倒是曾一个人游历西部，分外享受。当看见有为青年略略睁大的眼睛之后，后悔也来不及了。也许他们想听的，是一个女人的崇拜、感叹和安慰，但我不是不肯给，事实上，我在朋友中还有亲切而会照顾人的口碑，但那一刻，或许寂寞太久，或许鬼使神差，我其实是想与他来分享生命中的一些感受，而不只是关怀。

连岳，如果你发现我过于自恋、自私、自信、自我、自强，或者其他难以让人容忍的地方，请一定指出来告诉我。

有收入的每个生日以来，我每年都会给自己一个礼物，自己没运气收到而许多女人从男人那里收到的礼物，包括钻石、名牌、旅行甚至房子，都已经送给自己了。这些礼物往往只能安慰自己一时，并不能安慰我心。这一次，我认真地写这封信，想知道，对于我这个年龄的人，是不是已经失去资格谈独立、自由、浪漫、爱情，不过是眼明手快，找一个好男人过日子罢了；又或者，无论我心中期待，游戏规则就是适应你对面的那个还算不错的男人，成为他想要的天真甜美样子，如同穿小一码的名牌套装，在行动不便的同时能更让人显得气质高雅一样；或者，更加糟糕，接受现实吧，我就是那些注定不配有果实的花朵——虽然我还没有发现自己的同志倾向。

如果可以，真希望自己是伍尔夫笔下的奥兰多，可以在挫折感如此强烈的此刻，马上任性地长睡而转世。然而，电影里，奥兰多在21世纪，曾经敏感浪漫的她，最终成为羸弱的纽约单身母亲，爱情、政治、艺术、传奇，种种烟云过后，仍然是她，和只属于她的女儿，终究没有世俗的美满团圆。少年时看这电影，不过是个神秘传奇。如今忽然浮现脑海，有些宿命的悲哀。

连岳，我也知道，人世间的智慧莫过于等待与希望。然而，等待太久，不免希望走了，抱怨来了。

最后感谢连岳耐心看完这未免酸溜溜的文字，希望你没受影响，特别不要打算像奥兰多一样沉睡去，以逃避这沉甸甸的期待……最后希望你快乐，嗯，天天快乐！

春风不相识

春风不相识：

这封邮件并不需要我解决任何问题——这么说，好像我以前解决过什么问题似的。

有时候，看一封邮件，心里会充满感恩，因为它表达出来的知性、理性、见识、气度，让人非常愉悦，就像和伍尔夫尽兴聊了一次天。上面看到的，就是这样一封邮件。

任何人都会有困扰。连苏格拉底都会有困扰，除了要对付家里的悍妇之外，还要始终追问这个问题：人，到底有没有知识？

没有困扰，并不是幸福的标志。我们的远房表亲——猪，一生都无困扰，不担心自己的体重，从不失眠，也不会忧郁，可它们并没有幸福。

你在邮件里提到送给自己钻石，让我想到那首歌——《钻石是女人最好的朋友》，是不是只有钻石才不会给人带来困扰？这是女人对爱情极度失望之后对自己的调侃吗？

一个女人聪明了，就会发现身边的聪明男人少了。反之亦然。聪明的交流也像搏击一样，总是实力相当，才有意思。越聪明，对手就越少，寂寞感也就越强。爱因斯坦在物理学领域恐怕是绝对寂寞的，他能跟谁交流呢？

让我选，我宁愿要有这种聪明的寂寞，而不要愚蠢的热闹。

“人生是孤单的，因此要找个有趣的人共度。”这句话的前提，也是要求人要追求聪明，只有聪明人，才能发现另一个有趣的人吧?

人生是孤单的。还因为人的聪明与有趣，总是会受到愚蠢与无趣的压迫。

将就并不能解决人生的孤单，也不能让人笨起来。所以，我建议聪明与有趣的人，继续聪明，继续有趣。

连岳

2003年4月14日

我要我的亲密爱人，我要我的痛快感觉

连岳：

你好！

去年10月我遇到了现在的男友，一个大我5岁、刚刚从国外留学归来的男孩子，他开始追求我，他和我见过的很多男孩子都不同，因为他一点也不在乎穿着、外表，不懂得掩饰自己的缺点，没有虚荣也不会虚伪。一开始他着实不讨我的喜欢，但我也确实感到他对事物的一些看法对自己产生了影响，最明显的就是我心态的调整，找到现在这份很好的工作也是受了他的影响。但我一直也怕自己是因为无助而饥不择食地接受他，因为我总觉得太快了。而更重要的是，我还没有完全走出自己感情的误区。

我曾经不可自拔地爱着我的一位代课老师，一个有妻小，大我近20岁的男人。我明白破坏别人家庭意味着什么，也明白“己所不欲，勿施于人”的道理，可我仍然在一年之后忍不住告诉了他自己的想法。如我所料，他对我的印象也很好，尽管他和妻子已分居多年，但他克制自己，只让我毕业两年后再来看这份感情。

现男友之所以能被我称之为“男朋友”，是因为是他帮我走出了这个误区，而并非“男人都不会不介意”，他却说他只在乎以后。是他让我明白有些事情总是要归于现实，而我自己也认为过去对老师的感情应该用短暂的结束换取一个永恒的美好。当我第一次决定好好爱现在的男朋友时，我觉得他的一切缺点都不重要了，甚至我觉得也正是因为他的不修边幅才使得他可以在一年半时间里边打工边读完硕士学位，正是因为他对细节的不在乎才给了他在大事上的执着与刚毅。我们都认为是上天注定要让我们相见，我们开始恋爱，我开始享受正大光明的爱情。

可后来我觉得自己很少有很渴望的时候，而且经常会事到临头吓得感觉全无，我是学医的，自认为对性的看法很健康，也在获取这些知识的时候觉得性是一个很美好的东西，但不知为何会没有感觉，更不用说书上所描写的快感了。我是一个很主观的人，总觉得是不是因为我们不合适，是不是自己对男朋友的感情不是爱，是不是我们这样太快了，我们开始交往才3个月，但我一直认为一个月就可以明白自己对一个人的喜好与厌恶，因为我一直都是一个爱憎分明的人。而且我不断回想起从前我每次和我的老师站得很近的时候就会从心理到生理地兴奋，所以我总是很怀疑自己对男朋友的感情。我喜欢对他坦言，他一直很耐心地要帮我解决，他说是因为我从小生活的环境太传统、家教太严，让我一直存在畏惧心理，而且又过于渴望感受到书上所说的快感与高潮，一旦没有感到就很失望。我也觉得他说得对，可我的问题一直不能得到解决。其实我有一个可以让我自由自在拉着手的男朋友已经很满足了，可他说我的问题如果不解决很可能越积越大，我不知所措了。

看到他一次次失望但还很耐心地说慢慢来，我莫名地愧疚。我很无助，这无助比找工作的时候更强烈，因为这一次他的话我听不进去了，他是当事人，我更是当局者，我需要一个客观并值得信赖的人的帮助。看到你的精彩回信后我就决定写信给你了，如果可以回信给我，我将不胜感激。

小越

小越:

曾经爱上一个大自己近20岁的男人，不属于感情误区，也不可耻。这是你“痛苦”的原罪，放下它，也许就好了。当然，说这话我有点私心，随着自己的年龄越来越大，我得为自己下半辈子着想，不要自绝后路。

你碰到的两个男人都不错，中年男人没有急吼吼吃豆腐，年轻男友处事也属于冷静理性的那类。看来你的眼光不差。

更重要的是，作为一个女性，你知道快感的重要，会主动追寻快感。性快感的存在，是感情的重要内核，没有性快感的感情，是不健全的。快感曾经作为一种耻辱，至少作为一种话语禁忌，为许多爱情中人所讳言；没有快感，不想要性，甚至还是比较纯洁的象征。我们现在知道了，这是强加给女性的压迫，你是学医的，恐怕比我更了解这点。

你还有一点应该比我更在行，那就是，女性的快感需要长时间的学习，七八年以后，才会慢慢找到自己的快感，在那时，能更好地驾驭性。你现在的状况，应该说是正常的吧?

如果想到那个老师，能让你的身心感觉非常好，那么，和男友做爱时，脑子里想想他，又有何不可呢？可以想贝克汉姆，可以想威廉王子，为什么不可想自己的老师？性幻想是许多人提升自己性质量的有效方法，完全在道德范畴之内。我想，你并不需要内疚，拼命要遗忘；当然，也没必要坦白：刚才我感觉很好，因为我在想着我的老师。

性这种东西，也许最需要放松的是心态，没必要太紧张。你的身体良好，又有深爱的男友，一定能达到完美境地的——或许像烟鬼抽掉一卡车的烟草。

连岳

2004年4月21日

20、30、40都不将就着爱

Hi，你好！

自己真的会写信，有点不真实。但其实也很正常不过。每个人都需要出口，不是吗？

今天看了你和“春风不相识”的文章，有点击中我的神经。我，22岁了，大三，还可以在象牙塔待一年。这个岁数，应该说是如花的年龄吧，美好的年纪，不是吗？虽然我猜你也许会说，美好从来就不是和年龄有关的东西。

不错。

但无可否认的是，自己现在不太美好。性格不差，长得不算抱歉，情趣也不会少。为什么至今，孤单，始终是我的情人呢？到这里你肯定要笑我的无病呻吟了。这个城市里，不要说是我这个年纪的，像“春风”一样近30岁的女性，还不是继续咬牙过着？

可是我，还是要说，听听20岁版的“春风不相识”的问题吧。

在每晚瑟瑟冷风中独自从自修教室回寝室路上看见双双对对从我眼前飘过，我都可以宽慰自己，没有温暖的怀抱没关系，回去捂热水袋是一样的，毕竟，这种事情，又不是一个人说了算的，是不是？

就这么走到大三。不再坚信,那个人终究会出现。不再期待，有那个人存在。如果可以的话，不要把我的“不再”划入为“少年不识愁滋味，为赋新词强说愁”。我不是一叶障目，就在看到你和“春风”文章的今天，我和一个欣赏的男生玩，还有他的男朋友，懂吗？也就是说他是个Gay，我也是今天刚接受这个事实，在他正式给我们几个朋友说并隆重带他那个男朋友出场之后，呵呵，好像小时候喜欢的玩具被告知不会属于你一样地难过。也许我该补充一下：第一，我不排斥同志，有理性的认识；第二，我也不是因为喜欢那个男生而难过。只是觉得感叹，为自己，我不愿意为了终结我的单身状态而降低或者改变一些标准，否则，谈一场恋爱不是困难的事。

说老实话，现在的我已经隐约预感到自己的将来和“春风”们的将如出一辙，独立、自给自足，一个人面对所有，即使是寂寞，也归自己负责，那样的聪明的寂寞，也不是不好的，对吧？毕竟比较高贵和自在。

未必会等到你的回信吧，已经不会去刻意等待什么了，感情也一样。

十月

十月：

有封署名“邋遢大鱼”的邮件，夸奖春风不相识“难得有人这么豁达理性而且不迷茫，让人神清气爽。如果有奖可拿的话，颁给她吧”。也许《上海壹周》没有设立这样的奖项吧？即使有，而且评奖公平，没有内定给我，恐怕也找不到这股“春风”是从何吹来的；我有可能和一个人擦肩而过，并不知道她就是那位“春风不相识”。她若是看到了你这封邮件，也许心里比得了奖更为高兴，因为她不经意间，说出了一些优秀女性蚀骨一般的孤独。这种孤独感就像你有一座钟爱的木屋，你知道白蚁正在悄悄吞噬它，却不知道蚁王在哪里，只能束手无策。

可能，也说出了一些优秀男性的孤独吧？虽然男性的孤独就像白蚁藏在钢筋水泥屋里，伤不了元气，可毕竟有点孤独。

我这么说有些歧视男性。但愿这么说不会犯了性别歧视的大罪。女性会更注重形而上的契合，而且始终如一。男性在展示自己魅力时，也许很形而上，连《罗马书》都可以背下来，可是狼尾巴一露出来，全是形而下的乐趣。这么说，表面上看是在贬低男性，其实，我只是说了两种性别的本质区别，男性有其“原罪”，急了，摸着个有髻子的人，就能结婚。

这是造成女人找不到好男人的根本原因。因为两性的眼光、品味、标准，实在是差得太远。你的失败恋爱，从我这个旁观者的角度来看，输得非常体面，他天生就不爱女人，如果他告诉你，他是爱着另一个女人，那么，才会输得心痛。

把爱情婚姻当成灵魂的出口，这是个不错的选择。两个不爱的人硬绑在一起，会杀掉彼此的灵魂和欲望，大家不过搭伙过日子，节省一点生活成本而已。许多掉入不幸婚姻中的人，就会另找灵魂的出口；仔细观察灵魂，你会和瓦特从蒸汽中得到一样的结论，灵魂像水蒸气一样虚无缥缈，可是你若硬要摁住它，它就会迸发出巨大的力量，能拖得动火车。

能充当灵魂出口的爱情，当然比较罕见，甚至可能找不到。

如果把婚姻这个程序看得很重，年岁到了，就是要听另一个男人的鼾声，要生个孩子，那么，就适当把婚姻的标准放得低一些，人品不错，有些经济基础，就嫁掉吧，迟将就不如早将就，越迟将就越不甘愿，仿佛套牢的股票永远都在等待反弹，结果越套越牢，当然，在将就之前，得先想好自己的灵魂出口。如果坚持认为婚姻应该具有灵魂出口的功能，那就什么时候都不能将就，无论是20、30还是40。

连岳

2004年5月5日

继父也可以是好的爱情教师

连岳：

你好。

我是一个19岁，大专一年级的女孩。几个月前交了一个男朋友，但是没有告诉家里人。五一那天本以为家里没有人，就叫男朋友来家里。可谁知道我们正亲热到一半，我的继父回来了，看到我们衣衫不整的样子。他当时没有说什么，可能是为了给我面子吧。可我非常害怕和担心，因为我的父母虽然离婚了，但是我和我母亲、父亲还有继父的关系都挺不错，在他们眼里我也一直都是个好女孩。今天却让继父看到我这样，我很怕他会认为我变坏了，堕落了。

转天早上我妈妈不在家，继父叫住我问我那个男生是谁，还说他没告诉我妈妈，我妈妈要是知道了也是说这些，就说小心不要让人骗，还有小心不要怀孕什么的。我当时什么也没有说，只是点头答应着。可我很委屈，因为我知道他一定认为我变了，不再是原来那个单纯的小女孩了。

而且我和我男朋友还没有做爱，可他认为我们做了，我也没有解释。

之后的几天我们之间总是怪怪的，很尴尬，继父以前对我很好，对我的要求也都基本满足，可现在不是了，他好像对我已经不管了，是不是他认为我已经不值得他再对我好了呢？

以前我觉得在家很舒服，可现在我都不愿意回家，因为妈妈经常不在，只剩我和继父两个人，我觉得很难受很别扭，再也不会有以前轻松愉快的气氛了。

我很难受，很难快乐。

而我的男朋友也根本帮不了我，他很穷，我们在一起很多时候我花的钱多。我知道两个人在一起不应该计较这些，但是我控制不了总会想。我和他在一起难道只能过这种穷日子或者让我养他吗？

先写到这儿吧，我现在很难受也很迷茫，真希望有个人能告诉我该怎么办，怎么才能继续快乐。

BOBO

BOBO：

我觉得你现在的尴尬是很自然的。设身处地，如果我衣衫不整被人撞见，而且还要三天两头见这个人，我也会尴尬的。嗯……谁都会尴尬的。不尴尬、落落大方，反而是不正常的，也只能视为装成“不尴尬”的尴尬罢了。

这种尴尬只能让时间把它消化掉，你碰到的这类情形，基本上是属于不可言说的范畴，越解释就越尴尬。我们其实还没做爱。我们只是在玩游戏。我们能控制自己的。任你怎么说，都是信者恒信，不信者恒不信。还记得《美国派》里那个被父亲撞见与热乎乎的派做爱的男孩吗？——从那以后，我就不吃派了——在人的成熟过程中，总是会出现很多尴尬事情的，尤其是青春期，没几个人有独立空间的，种种怪现状被撞见，尴尬一下总是难免的。

我觉得你的继父是个好父亲。他没有像《美国派》里那个过分表现自己宽容度的父亲，天天去烦孩子：我很理解你呀，我年轻时也是这样的呀……把孩子搞得更加尴尬；当然，也没有像许多无知的父亲一样，把你吊起来打一顿——吊起来，好像不会这么惨烈——至少，是痛骂一顿吧。他的反应拿捏得很好，提醒的事情也很到位：要能确定他爱你，要做避孕措施。因为年轻，也许第一点的把握还有所欠缺，那么，第二点，安全措施是确实可以做到的，千万不能忽视，不要让自己的身体垮掉。而且，有一条原则，不愿意采取安全措施而想要和你亲热的人，十之八九，是不值得爱的。

因为你的父亲表现出来的高智商与高情商，我相信，他应该不会认为你变“坏”了，19岁的人，性成熟了，有些接触，是很自然的事情，你应该还是他心中单纯的好女儿。一个孩子到了青春期，对性没有任何兴趣，波澜不起，那不能视之为更单纯的特征，反而会让称职的父母担心：这孩子是不是有点心理障碍?

最后一点，如果你的男朋友也像你一样，20岁左右，那么，他还很穷就不稀奇。这个年龄层的人，全还是穷鬼呀，只要他的未来不穷就可以了。

当然，这不是说爱情可以不考虑经济因素，爱情是一定需要经济基础的。现在才20岁左右，恐怕都还在求学阶段，为将来自己的幸福生活积攒知识与技能，一个现在一穷二白的大学生，可以穷得理直气壮，因为再过三五年，他有可能就会不缺钱。要判断你现在的男友会不会继续穷，要不要你养，你只要看他在现在有没有在做知识与技能积累就可以了，如果有，那你尽可以放心；如果没有，即使现在能买一些单，将来恐怕也是要穷的。

连岳

2004年5月12日

任何人心里，
都住着一个长不大的孩子

连岳：

身体和心真的可以分开讲吗？我控制得了我的心，却控制不住我的身体。

我不明白我自己为什么可以一次又一次地和根本不爱的人上床做爱。我不图钱，他长得也不帅，而且已经结婚，有一个女儿，而我自己也有男朋友。我明明知道我和他是不道德的，也明白他只是把我当成泄欲工具，但为什么我还不离开他？还要继续和他来往？

我曾经做过这样的事，白天和他在一起，晚上却若无其事地躺在男朋友的怀里。我是不是个很贱的人？其实他们两个我都不爱。

我曾经深爱过一个男人，爱了他两年，真的很辛苦。他对我忽冷忽热，这些我都认了，但我也只是他的地下情人。他想起我的时候就来找我，其他时间，他可以一两个月不出现。我和他在同一个城市，却不敢找他。我怕看见不想看见的画面。其实说实话，我也不知道去哪里找他。交往两年，我却不知道他是干什么的。只知道他的名字和手机号，其他的我一概不知。

终于，我坚持不了这种没有阳光的日子。真的是没有阳光，我们约会都是晚上，目的明确。分手前两天，我问他：“你有没有喜欢过我？”他说：“我从不和我讨厌的人在一起。”我知道他不爱我，没想到连“喜欢”他都不肯说，连骗都不想骗我。分手那天，他说他是喜欢我的。但，晚了。如果，那天他说喜欢我，哪怕是在骗我，我也会继续跟着他，甘心继续过这种日子。但他把我往外推了一把，有些话说出口，就不能收回了。那天，我躲在被窝里哭了整整一晚。

此后，就发生了和那两个男人的事。我不知道我这样是不是因为他的缘故。我知道自己做错了很多事，不应该找借口。我的身体可以接受别的男人，但我的心只可以接受他。

也不知该怎样结束。文章可以结束，但生活还在继续。我还要和那两个不爱的男人继续周旋下去吗？

今天早上，我得到一个消息：我怀孕了。孩子的父亲，我不知道是谁。

真讽刺。以前我多想怀一个他的孩子，可现在孩子有了，却不知道父亲是谁。

不具名

不具名：

我和你的结论相反，你能控制你的身体，你控制不了你的心。

列侬在他的名曲《Woman》里有句颠倒众生的话：“女人，你应该知道，男人的内心只是一个小孩。”

列侬是男人，如果他是女人，这句话应该是：“男人，你应该知道，女人的内心只是一个小孩。”

我们的内心都只是一个小孩。

小孩为了引起重视，能做许多匪夷所思的事情。看过一个案例，一个9岁的小女孩，由于营养不良，送到医院，X光一照，医生都傻眼了，她的胃壁全被头发覆盖了，食物消化不了，当然就营养不良。后来多方会诊，包括心理医生，找到的病因是：这个小女孩自6岁起，觉得父母忽视她，为了要得到他们的重视，她就开始拔自己的头发吃（当然，她自己并不知道自己有这个心理，这是心理医生分析出来的），这样吃了几年头发，就把自己的胃全堵上了。

小孩有时候轻微自伤，破坏原本自己最喜爱的玩具，这些是常见的行为，其目的，不外乎是要告诉最爱他的父母：你们要来哄我啦！

我们若是爱上了一个人，就会向他暴露出孩子的面目来。

如果觉得受了忽视，我们还是只会像孩子一样无助，还是会像孩子一样做出许多自伤的举措来。

就像你现在一样：我要毁坏自己的感情，我要毁坏自己的身体，我要毁坏自己的生活，我要毁坏自己的未来，我要毁坏我的孩子，我要毁坏我的一切……

只要能换来爱人的一丝怜惜，就行了。

没有人怜惜你，因为没有人爱你。

我们只能向爱人示弱，向那亲爱的人耍蛮，向那不会欺负我们的人敞开自己的无助。

你表错意了，你在一堆陌生人当中生气、大哭大闹，他们不会管你的，哪怕刚跟你上完床。陌生人就是陌生人。你死给他看，他也不会再看你第二眼。

我们慢慢长大的过程，就是知道，在这些陌生人当中，我们绝不是孩子了，而是一个有力者，一个理性的人，一个不怕打击的人，一个毫不在乎的人，一个知所进退的人，一个能重新收拾破败局面的人。

把自己的孩子本色，锁在自己内心深处吧，一直等到那个在乎你的人来放她出来，到那时，再来痛哭一场吧。

任何人都有心灰意冷的时候，任何人都会有被全世界抛弃的感觉。

现状太糟糕，我知道，很容易放弃，很容易认命，但如果还有一丝力气，还是请开始稍稍振作吧，远离那些不值得你爱的人和事。

连岳

2004年5月19日

幸福是什么

连岳：

幸福的定义是什么？

我不记得我们分手过多少次，好像每次都下了好大的决心，不要再承受那种身心的折磨，答应彼此成为对方最好的朋友，或者安静地在自己的世界里游走，互不打扰。可是，每一次的决心都会被对方的一个眼神一个电话摧毁，似乎谁都不能够坚定和坚持，谁也逃不出谁的手掌心。爱情，原本美好的两个字，在我们身上夹杂了好多的无奈，却又无法割舍。总是想，我们都应该享受得到更好更快乐的人生，不该挨得那么辛苦，可事实总是残忍的，我们对彼此也太残忍。

父母是不能够真正违背的，我知道他们是要我幸福，要我不吃苦。连他都好了解，了解到赞同的程度，他的家境不允许他有依靠，他说他不能给我什么承诺，我应该听父母的话。

当毕业的钟声再次敲响，校园里花谢花开了四次之后，我们都必须踏上另一段旅程。

可是不知道是冥冥中注定，还是我们都太过愚蠢，同一个屋檐从课堂变成了公司。那种和恋人咫尺天涯的感觉不好受，而隐瞒着父母不断圆谎的感觉也很糟糕。和家里吵了一架，冲入落泪的夜色中。他说，不该对父母如此，他不能给我幸福，他害怕我的任性。

我想恨父母，他们如此霸道地要保护我给我无忧的生活。

我想恨他，恨他不够勇敢，却又那么放不下，太多的缠绵背后是刺痛心扉的冷酷。

我更恨我自己，一个崇尚从容淡定、简单生活的我，却陷在无法挣脱的淤泥里，越来越深。

我拒绝不了他的怀抱、亲吻，那是我们唯一拥有的东西，别人夺不走的，也干涉不了的。单人床很小，可是我们躺在一起从来都不觉得拥挤，抱得那么紧，好像整个世界只剩下我们。但越是缠绵越是缱绻，越有说不出的哀伤。

连岳，对你说出这番话，心里不是没有愧疚，我承认我们是太过放纵了，从一开始就冲动得跨过了界线。那个美丽的夏天，成为一个错误的开始。

一定有身体的因素在里面，好像一个解不开的咒语，套住了我们。

昨晚写了一封给他的信，最后一句话是：“经历过22个月时光的冲刷洗涤，泛白的表面早已百孔千疮，结束。”刚刚按下存盘键的时候，手机震动了一下，那个删过多次却又存过多次的号码告诉我说，他坐明天的火车回来。我可以暂时把手机关掉，却不能欺骗自己。

连岳，你有答案吗？用一个不是所谓“幸福”的理由说服我，唤醒我，可以吗？

Candy

Candy：

由于篇幅有限，我只能把你三千来字的邮件大幅删减，我希望保存了你的意思。

幸福是什么？很巧的是，就在看你这封邮件的前一天，也有人问我这个问题，而且一定要回答。我想了几条具体的：身体好，老的时候有个好死，比如看书或做爱时突然死掉——当然，后者对情人有些不公平；有些钱，一辈子不受穷；还有自由，不受人与事的胁迫。有这三点，我就觉得幸福了。

大哲伯特兰·罗素认为幸福的生活是爱与知识的结合；只有爱，只有知识，都会犯错误，会杀死幸福。

而康德用否定句式说明了幸福的本质：“再没有任何事情比人的行为要服从他人的意志更可怕。”

无论好不好理解，这些定义里有一个共性，那就是你必须享有自由意志，综合各方面因素，听取各方面的意见，由你自己做出决定，然后为你的决定负责。这是一个人争取幸福生活应该具备的勇敢。

是不是继续自己的爱情，不能把决定权交给父母、交给男友、交给懊悔、交给不安，只能是交给你自己。幸福的人有可能做出错误的决定，这点毫无疑问，也不必害怕。幸福的本质在于我们敢于做出决定，而不是只做出正确的决定。那些永远不敢做出决定的人，从来不会做出错误的判断，但是却越来越不幸福。

我会倾听，能理解你的处境，却只能把决定权交还给你自己。我只能说，人，显然应该追求幸福，而且，只有一个用自由意志做决定的人才配得到幸福。

多数人活在这个世界上，总是会很辛苦。也许会有固执狭隘的父母，也许会有不顺心却又放弃不了的工作，也许天性就容易悲伤与自我怀疑，也许从来都没有钱，也许不漂亮。总会摊到一样或几样的，所以我们总是会在有压力的情境下做出决定，不要感到奇怪，而且还要尽快习惯，我们一辈子恐怕要做不少艰难的选择。

只要这个决定，是我做出的，就可以了，是我的判断、我的利益、我的感受。

只有一个非常鲜明的“我”、轮廓清晰的“我”在恋爱、在决定未来，幸福的大门才会开启。

我，一个自由的我，一个自主选择的我。这是一切的基石，包括爱情在内。

连岳

2004年6月2日

学会认输，
是理性生活的开始

连岳：

他来我们学校进修，我们是一起跳舞认识的。有一天他去苏州，说给我带了大闸蟹，我真的被他感动了，我在校门口等到他的时候，他一把拉了我，我当时就有种义无反顾跟他走的感觉。

后来，他回去了，我本来以为就这样结束，这样的结局还是很动人的。他又告诉我其实他已经有老婆了。我真的被他搞得晕头转向了，总之不管什么，他有老婆这点是我万万不能接受的，就说分手了。后来他还是找时机恢复关系，我生日他给我打电话，偶尔来个短信，欲擒故纵，我还是被他擒住了。

3月份我去找他，晚上他带我去了酒吧，那天的心情说不出来，开心又悲壮，我知道会出事的，但是我的任性告诉我，爱他就不必那么理智。那天喝醉了，他送我回酒店，我神志不清，他帮我洗了澡，把我抱到床上，疼痛的感觉让我明白他带走了我保持20年的东西，他问我后悔吗，我闭着眼睛摇头。当时，我怎么知道什么是后悔？

我走了，回上海。我们只能靠短信联系，我知道他结婚的事实是改变不了的，我说我要做一只猫，一只掉头就走的猫。但是事实上，我洒脱不了。

他老婆终于发现了。这是迟早的事。

他说他老婆给他两条路，如果他爱的是我，离婚，但他必须和我结婚；另外的路：和我断了。他选择后者。我很难受，那我算什么，牺牲品？我一直坚信，感情可以无怨无悔，但不能不值得。我做了种种的报复设想，因为我真的不甘心，我不愿意变成不善良的女人，但生活有时候就是这样不让你选择。

认识了一个他的同事，此人对他有一定的制约力，我们很聊得来，以我女人的直觉我完全可以知道这个男人对我的想法。我心里的计划你也许已经猜到了吧，赌一把，只不过筹码是自己，赌得大，赢得大，但风险与收益永远是正比。我不相信我投入他同事的怀抱对他没有威胁，我要让这个辜负我的人永远生活在阴影里。

连岳，给我多一点勇气吧！

C

C:

你好！

给你什么勇气？是报复的勇气，还是忘记的勇气？如果是后者我能给，而若是前者，但愿我能打消你的勇气。

报复确实是需要勇气的事情，像希腊神话里的复仇女神美狄亚一样，杀掉自己的孩子。这不是胆小的人做得出来的。

报复具有高难度，需要不消退的激情，需要周密的筹备。你投怀到“对他有一定约束力的同事”（我猜你指的是他的上司吧），就指望让辜负你的人“永远生活在阴影里”，这有些一厢情愿。说不定，经过一番职场争夺，你未来的丈夫反而成为他的下属。那时候，到底是谁生活在阴影里？纵使一切如你所想的，你又能怎么报复他？你丈夫也不是皇上，能判他凌迟之刑，这种体系里的人，都是小心翼翼的，要他来担当报复的重责大任，未免高估了。

你不具备成为美狄亚的素质，你没有激情，有的话，早冲到他家三刀六洞了；你也没有制订复仇计划的能力，以为赌了一把很大的，不过是嫁给了人家的上司而已。姑娘，你连仇恨的时候都这么温良柔弱，你不觉得跟这种人耗下去，太抬举他们了吗？

让我告诉你最好的报复方法是什么，那就是忘记这些乏味的人，让自己过得更好，你念念不忘要报复，只能让他们在心里产生“我还是蛮有魅力”的感觉。要记住，很多男人会去招惹很多女人——只要有点耐心，不要忘记买些小礼品，惹桃花是不难做到的——他的潜意识里，就是要让她们恨他，恨，使一些人记住这个原来不值得记忆的人；恨，使一个平庸的家伙显得非常重要；恨，让一个女人上了一个当以后，继续上下一个当，直到把自己的容颜摧残、时光用尽。

学会忘记，学会认输，这是理性生活的开始，也是幸福生活的开始，更有可能是你迎接真正爱情的开始。不学会忘记，让你一辈子只有一次失败的爱情，以及无穷无尽的仇恨。不学会认输，让你失去处女膜以后，还接着失去心智。

我想起前几天在饭局上，谈到有些人不惜身家性命，经年累月地打个小官司，要讨回公道。正统的观念是：如果我们这个社会中的每个人都这样，那么，还会没有公正吗？这个观念很强势，但是我不同意这个推理里面的残忍元素，一个这样执着的人，赔掉了他和他的亲人的所有幸福生活，赢回的一个小官司，纵使得到了权力机构的道歉，也远远弥补不了失去的生活。

要认输，如果认输符合自己的利益最大化。一个人被错误地罚去了100元，可以申诉一下，纠正不了，就罢了，不要身陷讼累；一个人在爱情中被骗了，哭一哭，想想自己的软肋在哪里，下次要补强，不要去报复。

这种想法也许不够刚强，但我们只是普通人，柔软的想法能给我们疗伤，能让我们重新开始。我们不是美狄亚，做不好报复这件大事。

连岳

2004年7月7日

偏见的左手　找不到右手

连岳：

我是一个被人称作“N高”的女人：学历高、收入高、职位高、要求高，而且还漂亮，工作能力也还可以。只是觉得自己在找老公的问题上有些“白痴”，而且情商方面有待提高。

我遇到了他，一个帅气的也几近而立之年的男人。陶醉的感觉过去以后，我觉得我越来越不能接受他。我们阴差阳错地走到了一起，真是有点儿“ridiculous”。他一个大专生，平平庸庸，却觉得肯定有一天可以超过我，承担起养家的重任；但具体问到哪一天，他立刻暴露了他的另一面：眼高手低。有一天，出差到一个城市，看到伏地乞讨的乞丐，心里有种异样的想法：其实做乞丐也没什么。回来后将这种想法不经意地告诉他(没有告诉他有这种想法的原因)，他说：“可不能这样想。”

我们曾经很深入地探讨将来，在我旁敲侧击的“鼓励”下，他也一直保持乐观的态度，并做了详细的婚后计划。的确，让我很感动！平心而论，对他来讲，已经尽力了。记得一篇文章讲，人对婚姻有四个需求：经济、感情、性、忠诚。难道真的这些不可能在一个男人身上实现？

我十分想结婚。我觉得这种独身状态已经影响到了我事业上的信心、正常的商业交往（如老板和客户对我本人的信任）、正常的朋友圈的建立，还有很重要的是我的未来的人生道路等；我想如果再继续独身下去的话，内伤会逐渐演化成外伤，我将面对一个支离破碎的人生。因此，不管他现在怎么样，我喜欢他，他爱我，我相信只要我善待他，他现在和将来能给我感情、忠诚和性，只是可能不能提供给我一份经济上的安全感（我其实要的并不是钱，而是那种暖暖的、安全的感觉）。难道，我真的应该勇敢地选择他吗？选择他，意味着付出，如果不是全心全意的付出，我觉得生活也等于虚度。但是他值得我为他付出吗？

台台

台台：

话题投机，就会一边聊，一边走到路的尽头；谈不来，互道再见，各走各的路。感情的事，不过如此。

世上之人，恒河沙数，合适自己的，也就那么一两个。就像一只左手寻找另一只右手，它们相像又有区别，独立又互补。由于目标如此重大，肯定会碰上我们不爱的，或者不爱我们的人。这种错误是我们必须付出的成本，分手就是了，不必伤害他人。分手多少会有些受伤，无意的，还可以谅解；有意为之，我觉得就过于残忍了。

佛说过，不要指责他人，因为你用一个手指点着他人的同时，有四个手指是指着自己的。不知道佛的这句话你听不听得进去。确实，他有许多缺点，文凭低，收入低，眼高手低，但他尽力了（你说的），可是，你把婚姻看成是一种有利于自己的商誉，甚至在心里把他看成乞丐（但愿是我理解错了，但愿是），这些想法恐怕不比他的缺点分量轻。在心里藐视一个人，又想要和他建立家庭，他虽然不知道，可这是最寒冷的伤害，像在西伯利亚的冬天殴打一个病人。

你绝对不是故意的，因为你相信很多感情教条，你是据此做出的判断。先把这个摆在一边，来谈谈乞丐。

一本书，《诉讼笔录》，最后一页，记录我看完它的时间是：

2000年3月4日。四年时间，改变了很多事情，可是勒·克莱齐奥23岁时写的这部小说依然让我喜爱。一个叫亚当·波洛的人离家出走，栖身于一所废置的屋子里（不知是不是地产泡沫的产物），每天晒太阳、闲逛、无所事事。在海边碰见一只狗，他就让狗当他的导师。“一只狗匆匆从水边走过，亚当紧随其后；他尽可能加快步伐，浴巾围在脖间，一手抓着浴巾的一角；他效仿狗的举动，故意步入齐膝深的水中……那动物感到被人跟踪，一时转过身子，投出一束直勾勾的目光，落到了亚当的下巴处……就这样，他们一个在前，一个在后，一直走到了尽头。”

亚当的无所谓比犬儒学派的哲学还动人。犬儒的创始人安提斯泰尼，年轻时也是个“白领”，生活在贵族圈子里，上了年纪后，忽然放弃了财富与地位，鄙视奢侈与感官快乐，像狗一样生存着。这即所谓的“犬儒”。他们的生存状态与现在的乞丐一样，但却从来都是人类狂热情绪的清醒剂。

说这些，不是让你成为亚当，也不是希望你皈依犬儒。在绝大多数时代的绝大多数人永远都认为当白领比较有成就感。请继续当你的“N高白领”，我的意思是，一个不起眼的词语“乞丐”，可以有天渊之别的定义，那么说明，爱情中所有的定义都是可以流动的，不必把它们变成混凝土偏见；文凭、收入、单身、婚姻都不要形式主义地刻板执行。尤其是，不要用自己的偏见来伤害你曾经爱过的人，那样，你自己会受更深的内伤，你一辈子都觉得自己在施舍，自己受了委屈。亲爱的台台，我觉得，没有什么爱情悲剧比这个更“ridiculous”，你觉得呢？

连岳

2004年7月14日

春天的树，
何苦去尝冬天的苦寒

连先生：

您好！

我是大二女生，20岁。4月份的时候，我和我们学校的老师L同居了，他是一个很外向爱玩的人，今年34岁，和他在一起我有时觉得很开心，他很有趣，但很多地方和他不能交流，没有默契。他对我不错，他说我很难得，爱上我他觉得很荣幸，他有和我结婚的打算。但是他刚回上海，也没什么基础，而且他喝酒抽烟都比较厉害，我很不确定要不要嫁给他。现在两个人也就这样过着，我对他也不错。他应该也觉得我是喜欢他的。但他也感到我不是很满足，他说他不能忍受自己在女朋友的心目中不是第一位。

就在我和他同居一个月后，我和另外一个老师T有了一些接触，一开始是一些有意无意的巧合，后来这个老师主动约我，我本来（和L开始以前）就对他比较有好感，所以也就没有拒绝。他今年37岁，已婚，有个小学一年级的儿子。

我觉得和T在一起挺不错，他很细心体贴，很多方面和我很谈得来，比较成熟，和他在一起时，我觉得我又是我了。后来他说他爱我，最近，我们去开了房间，很戏剧化的是，他硬不起来，他说他老是这样。结果，那天晚上我们就睡着了，到第二天早上才有实质性的进展。

我曾经想过对他们其中一个坦白，我想过对T坦白，但我其实一直在骗他，我觉得我说了之后会失去他。而L，每次我都没有勇气和他说。我觉得我最近一直很忙，要应付两个人患得患失。

T的老婆已经知道他和某个女学生交往过密的事。从T向我转述的他老婆的反应来看，他没有告诉他老婆全部。他最近又和他母亲谈了一次，具体怎么说的我不太清楚，我想也不会全盘托出。

总之，我觉得我现在判断力已经退步了许多，叙述的可能不太清楚，自己看了一遍觉得写得缺乏感情，可能对于我来说要用文字叙述这一年来的变化太难了，我不知道怎么会变成现在这样。也许您能从中看出一些蛛丝马迹，如果能给我一些启发，我将非常非常感谢！

WAKING LIFE

WAKING LIFE:

你的邮件，我已经转发给了卡斯帕罗夫和卡尔波夫，一个20岁的大二女生有如此复杂的故事，光是背后的繁复计算就不是我的大脑所能推演出结果的，让这两位国标象棋大师来看看，这些因素最终会进行到什么局面。

你的邮件，我还转给了几个在大学任教的朋友，也都是30出头40不到。他们信誓旦旦地说进入校园的目的纯粹，生为学问人，死为学问鬼，一定不会打年轻女学生的主意的。他们的话，我自然是不信的。让他们看看，千万不要仗着自己心眼多，去骗人家小孩子，未必玩得过人家。厉害的孩子们能手下留情，放他们一条生路，就应该报答人家的不杀之恩了。

当然了，上面是开玩笑。不会乱转你的邮件的。所有给我的邮件，除了见报的那封，其余的，全烂在我的邮箱里，没有第二个人知道。不过，我什么时候得抽时间去泰国，像梁朝伟那样，把我知道的秘密全说给一堵古墙听。

我有一个好消息，一个坏消息。

就像你面临的选择一样，再坏的消息，也有好的一面；再好的消息，也有坏的一面。爱你的人，你觉得不满足；而你爱的人，他又在长夜软弱。

坏消息是，你把自己玩得太复杂了。我一直认为，年轻女生和年轻男生，在恋爱中一起长大，在其中体验到相对单纯的乐趣，是一个女生的爱情经验所必须的。甚至，年轻人与年轻人相爱，是主要的恋爱形式（男同学，看到这里，先在心里鼓掌一下）；当然，看上了中年男人，也没什么错。我的很多朋友是中年男人，我不想把他们得罪光。你面临的问题，是危机重重的中年困境，甚至比许多沧桑的中年人所面对的更具有挑战性。

好消息是，这样的话，你再过10年、20年，到了青春后期、中年早期，就不会被新鲜的难题吓倒，没什么你没见过的，包括性功能障碍。

真正让我为你高兴的消息是，在与两位老师的关系中，你似乎处于主动，没有“长辈引诱失足”的阴影笼罩，你看起来也没有太多的心理负担；这让你比较容易重新开始，离开他们当中的一个，或者离开他们两个，都不是难事。再无解的困境，只要为自己保留了抽身而退的可能性，就不太可怕；就像国际象棋残局能逼疯一个大师，可对那些推枰不想再下的人，它却没有任何杀伤力了。

我不想再说什么了，让我用《诗篇》中的几句话为你祈祷吧：

他要像一棵树栽在溪水旁，
按时候结果子，

叶子也不枯干，
凡他所做的都顺利。

你这棵春天的树，何苦要去尝冬天的苦寒，早早枯干自己？

连岳
2004年7月21日

一个应该被击溃的人的自嘲和温暖

连岳：

刚上大学，我们就成了朋友。所以我很早就知道她有个在广州做房地产的朋友。大二的时候，她成了那个房地产老板的情人。当然，我和她还是朋友，很多时候她会有很多困惑，因为他们年龄相差很多，因为她做教师的父母不会接受。而我，总是充当她时不时舒缓一下内心痛苦的听客。我也从来不怀疑他们之间真挚的感情，因为之前之后我和她6年的真实相处，让我看到她是个善良并且对于物质非常不敏感的女子。

这样的日子过了两年，她越来越痛苦，要从她所认为的尴尬境地脱身。其实，我在认识了那个沉稳的广州中年男子之后，觉得他们或许在度过一个困难时期之后会有转机。她最初放弃这段感情时，我陪在了她身边，有一天她说：我爱你。这让我明白自己其实已经爱上她很长时间了。毕业的时候，她考研到了广州上学，为了离她近一点，我到深圳找工作。我们一起离开读了4年书的上海。之后一年多的生活，在我看来简直是上天对我的眷顾，虽然多愁善感的她偶尔让我感到总有悲伤在她心中，但是生活整体上充满快乐。

步入2004年，我在深圳终于找到一份相对稳定合适的工作，她马上也要毕业。我几乎可以想象到未来的美好，即使那时候在物质生活上我们不是十分宽裕。然而，连着一个月她没有来深圳，我在一个周末去了广州。如我所料，他们是割舍不掉的。我也第一次，看到她对着我流泪。就在那个晚上，那个很有气质的广州老板开车送我回深圳。

深圳都是美好的回忆，怎么还能再待下去？我随即带着行李回到上海。她也在不久前去了澳大利亚。

感情是很复杂的事情，现在想来也许我只是陪着她度过一个非常困难的时期。如果我们一直是朋友的身份会更好，但是很不幸，我那么爱她，只是我实在太年轻吧。但是，连岳，你能告诉我当年轻的感情遭遇成熟的情感，是不是必败无疑，即使胜利了，那也是你苍老之时了！当然最好用青春换来的成熟里有点钱有点名什么的，呵呵。

右岸

右岸:

你是一个苦不堪言的人，一个应该被击溃的人，有这样的经历，在邮件里抱怨、发泄、绝望，甚至宣布要复仇或自杀，都是很正常的反应，况且这还是匿名邮件，放纵一下情绪，再正常不过了。可是，你发出了自嘲的、温暖的笑声。我得谢谢你的故事，要为“宽容”“平静”“坚强”下定义，看你的故事就可以了。你对他，对她，对自己，都没有苛责，也没有极端情绪，甚至，连叹气都节制掉了；上海有1000多万人，我相信我能在人潮中一眼认出你来，因为你发出了天使（或灯泡）才会有的光芒。我从来没把这么多赞美堆砌在一个人身上，请你接受吧，这是你应得的。我收到过成千上万封邮件，如此纯净的，一封而已。我相信我如何浸淫于文字技巧，也无法完成这样的叙述；我相信一个人无论如何强忍心头怒气，尽力要用“平常心”说话，也还是掩藏不了他咬住牙根的声音。

呵呵，你不知道你写出多么美妙的文字；你不知道你自己是个多么可爱的人。我不知道你将来会不会有名，会不会有钱，但愿你有，不过，这些事需要一点运气，实在没有，我想也不会多么困扰你的。

人是很“有限”的动物，我们的天性里面，已被糅合进了杂质。有人归因于当初夏娃吃了那个该死的苹果；有人认为是遗传使然；有人认为纯粹是后天环境养成的。无论承认哪种体系（或一种都不承认），都不得不承认：某种“有限”性，会折磨我们非常非常长的时间——容易愤怒、容易悲伤、容易放弃、容易决裂，不够柔软、不够圆融、不够聪明。纵使知道了这些特质会误你的事，你还是会管不住自己，紧要关头，全忘了自己叩齿一百再决定的誓言，“有限性”像见了火的飞蛾，奋不顾身。林则徐在书房高悬“制怒”两字，他能制服鸦片生意，却要受自己的怒气骚扰。

人的“有限”，在爱情破灭的压力之下，特别容易爆发。爱情，在绝大多数人那里，成为非死即生的轮盘赌，输了爱情就输掉一切。爱情失败，成为我们彻底认输的最好借口。下面这封邮件，你的态度也许能安慰她。

每次不开心的时候，总想把自己“卖”了。也许发觉人生没有了等待与希望，才会想到这样的方式作践自己。虽然我还没有真正地去实施，但这样的想法却挥之不去……1977年出生的我现在已经28岁了，面对自己的纯洁与这个世界的诱惑，我开始彷徨，可以说现在我面临着人生的重要转折，我不知道该怎么办……我不相信有好男人，也不放心把自己的第一次交给任何一个男人。我最终想到的竟然是有价值地出卖。我的家庭谈不上富裕，可以算是有点贫穷吧，母亲的坚强让我变得倔强、独立，可以说是个没有虚荣心的女孩，我喜欢平淡的生活，我想最终让我下不了决心去实施出卖计划的原因就在此吧，做任何事情需要原动力。现在的我陷入了恶性循环的思维中，我不愿意让身边的人担心我，可我真的撑不住了，我怕我真的做出让自己下半生后悔的事来，我那么认真地走着自己的路，我真的怕……我感觉我现在就在悬崖边上，随时随地可以粉身碎骨。我求你给我一盏灯，我需要它给我光明，给我指路……

甘霖使大地软和。一个人生而具有甘霖秉性，是何等幸运的事情，再大的难关，都一笑置之，还能恩泽他人。祝贺你，你是一个深受命运宠爱的人。

连岳

2004年8月4日

你快乐，我有什么理由不快乐

连岳：

下午好！

其实我一直很想找个人，把自己混乱的感受说出来。这个人，我希望是陌生人，能够理性地思考，然后能够感性地说些什么。这正是对陌生人诉说的好处，就是不怕心里的隐私被曝光，被伤害，也不会再有任何牵连。

目前，我有两个男人。一个是分了手的前男友，以前因为软弱，舍不得失去一样拥有过的东西，反反复复断不了。但是时间真是一切病痛最好的解药，慢慢领会了，放开了。这段感情让我失去了太多东西，几乎是我所拥有的，你可以往最坏的地方想。一个男人之所以能影响你那么深，让你变得那么坚强，那么地保护自己，那他所给你的伤害一定是曾经沧海难为水的。虽然我们现在仍在一起，但意义已经完全不一样了。我很清楚我已经对他没有感觉了，那种死了心之后的无所谓。他有女朋友，另外他还有很多有关系的女人，他从来不缺女人。偶尔我会找他来我家，或者他自己要求来。他不会急着和我马上到床上，虽然我们都明白大家的最终目的。自从我对他没有感觉后，有挺长的一段日子是没有来往的，后来因为我对另一个男人有了感觉，我才又让他来我身边，虽然在他们之间，我也交往过一些男人，但是我并没有掺进感情。因为我怕受伤，才再找个人麻木一下，懂了？

我很明白我在他们那边想得到什么，我并不是真的喜欢后来那个人，他不是我欣赏、爱慕、依赖的，他唯一让我不想放手的只是相貌、身材。还有很重要一点就是他也是有很稳定女友的。我喜欢这种不可告人的关系，让人很美，很兴奋。也许是好胜，自我满足。我并没有对他们隐瞒另一方的存在，只是保留了我和另一个人有身体关系的事实。男人其实真的很奇怪,他们并不多爱你,但是就是想占有你，即使他们也还有别人。

我满足他们的虚荣心，也喜欢上了欺骗，当然我还隐瞒了很多东西，而且这种过程也很过瘾。但是他们真会相信我告诉他们没和另一方发生关系，让我有些吃惊，或许就是这样，人们喜欢自欺欺人，去相信些自己愿意相信的东西。相反我对他们并没有占有欲，不过我爱听他们讲他们和女朋友的事。

我说了很多是吧，呵呵。其实我是个很开朗乐观的人，你也看出来了我还有点疯疯的，呵呵。只是每个人都有自己的阴暗面，我很乐意接受它，很能正视自己的需要。

我也是在不断地认识一个真实的自己，了解自己的欲望、恐惧。而且我还是相信等自己真正成熟后，会爱上值得爱的人。现在的恋爱，我要的不是结果，只是生活的乐趣和探索的过程。

Jull

Jull:

我懂了。

写完上面三个字，本来就想结束文章，传给编辑交差的。但显然不行，这不合体例。你看“体例”很重要，从建造圣殿到写文章，都不得不遵守。爱情也有体例。但是从另一个角度来看，体例也是用来破坏的，圣殿会倾颓，文章也会八股。

体例有时候不适用于非常人物，我指的是你呀，Jull。听多了倾诉，我知道，有两个男人的女人，有两个女人的男人，都不是什么罕见的事情；这不合“一夫一妻”，不合“忠诚”的爱情体例；所以，这些倾诉者会发自内心地痛苦，自我谴责；当然，我不可能有解决办法，他们也知道这点，我需要做的，只是听而已。

你还不一样，你把问题都自行解决了，而且还很美，很兴奋；而且还形成了自己的爱情观。我需要做的，也只是听而已；听得更轻松罢了，像听一个老友的艳遇。

不必秀出锦囊妙计，不必判定价值高下。像一个人爱走钢丝，只要不掉下来，就由他去。这话不太直白，我的意思，你，懂了？

有个法国人曾发出这样的宣言：一夫一妻制是罪恶的源头。听起来，他也很美，很兴奋。

千万别以为这只是零星出现的怪客。打破体例的人多了，解决方法就会变得不一样。比如，欧洲有些国家，把染上毒瘾的公民登记造册，定期由政府供给他们毒品；因为他们经过研究，发现这种做法对整个社会带来的损害最小。这对其他依旧实行强制戒毒的国家来说，太过另类了。性的欲望，有点像毒瘾。据吸过毒，又偷过情的人说，这两者的感觉，其实差不多，进行之时，宛若天堂；完成之后，满心荒凉。

偷情的制度化解决方案是，把爱偷情的公民登记造册，定期由政府供给他们情人。

未免想得太美了。

吴君如在香港主持了一个电台节目，有很多年头了，不知道现在有没有停。她曾在访谈中谈她认识过一个最另类的妓女，此人并不对孩子隐瞒自己的职业，而且，她相当敬业，花大钱把不同的房间装修成不同的风格；甚至装了一座透明的抽水马桶。更酷的是，有些熟客和她成了朋友，她会精心煲汤给他们喝。她对吴君如说，这种生活很自在。吴君如的评价是，如果她觉得自在，有什么生活方式是不行的呢？

吴君如长得并不漂亮，但应该是有智慧的人，不然，说不出上面那句话。

举这些例子，我是想说，一个社会有其主流价值、主流存在，即所谓的“体例”，否则，这个社会就会散掉；一个社会也会有其支流价值、支流存在，否则，这个社会就太过单调。人无所谓选择哪一种存在，哪一种价值，只要你的精神与肉体都感到平衡就行了。

连岳

2004年9月8日

最浪漫的是为你承受压力

连岳：

因为前一个男朋友的影响，我喜欢上了你的专栏，虽然我和他的感情已逝，可是并没有影响对你的喜欢程度。本不想用这么愚蠢的感情问题麻烦你，可是困在自己织的茧中已经半个月之久，始终走不出阴影，或许真的像其他人说的那样，当局者迷，旁观者清，真的希望你这位理性的旁观者给我一桶水，让我醒个彻底吧！

和现在的男朋友是同事介绍认识的，也可以说是相亲吧。这是我第一次和一个完全陌生的人建立感情。前两次都是从朋友做起，彼此了解。可他，对我来说几乎一无所知。我们从相识到相爱真的走得特别不容易。其中我们经历彼此两次大的病痛，都住进医院。也因为我们彼此之间背景、学历的差距（我父亲经商多年，有所成就，他家境平平），我父母一开始就不同意，一方面觉得他条件差，另一方面觉得他大我10多岁难以接受，我们几次犹豫不决。可最后我们还是走到现在，一年了，我们快快乐乐一年了。

今年春天，我答应了他的求婚。可是没想到一切在我生日那天改变了。那天我开了很盛大的party，一方面想请朋友聚会，另一方面也希望介绍他给父母认识，算定下亲来。没想到父亲的反应这么强烈，不仅冷眼对待他，连他规矩的称呼都当没听见，一整天不理不睬。结果，生日后他开始躲着我，短信不回，电话里也冷言冷语，最后终于提出了分手。我伤心极了，几个星期茶饭不思，人也瘦了一圈。我不懂，一年建立的感情怎么如此不堪一击？我是真的爱他，他早就知道，对于我来说，他的成熟，他的稳重，他的处事周到都让我感觉舒服。可是唯独这件事上我却被他那番想活得轻松些、不想婚姻有太大压力的说辞哽得整晚哭泣。我真的无法理解，难道爱情真的不简单，婚姻掺杂的其他因素真的可以导致悲剧吗？门当户对真的这么重要吗？对他来说难道我们的感情敌不过一个冷漠的眼神吗？为什么如此愚蠢可笑的理由还会出现在这个现代的社会中来决定我爱情的归属呢？

伤心欲绝的螃蟹

伤心欲绝的螃蟹：

爱情中有很多奇怪的伤心与喜悦，是很个性化的经历。某一句话，某一扇窗户，某一个游乐场，都可能成为两个人爱情中的隐语，他人没有密码得以进入这个象征迷宫。我们会这么爱一个人，可能就是因为他（她）与我们共享了许多细节，就像两棵很要好的树，长在一起，它们在地下的根须已经密密麻麻编织在一起，无法拆分了；我们与一个人长久相爱，相貌也会相像起来（所以，要找个漂亮的），眼神也会相像（所以，要找个温柔的），而只要站在一起，似乎就可以感觉到对方在想什么，这种默契，仿佛两人是这人海中的一对间谍……这些只属于个体的感觉，恐怕代表了爱情中诱人的一面，在这种共生关系中，可以体会被人在乎与在乎别人，两个人有一个小小的堡垒，堡垒之内，一个人是国王，一个人是王后；堡垒之外，是被他们忽视的世界。

爱情中也有很多共同的伤心与喜悦，那是集体意识。在某一种文化氛围或生活习惯以内，所有人都要走完这“法定”的程序，都得解决一些世俗而烦琐的难题。如果两个人要将爱情以婚姻的形式固定下来，双方父母的赞同与祝福，就是其中重要的一环。让人气馁的是，岳父往往都是以讨厌未来女婿开始的；而婆婆也一般把未来儿媳当成夺走儿子的人来憎恨；只要一踏入现实，烦恼的事情就多了，还不得不面对，不得不一一解决，否则，毫无例外，都会在未来的婚姻生活中爆炸，不会有一枚哑弹。生活得像巴格达的美军一样，恐怕没多大意思吧？

在几乎所有有关爱情的文字当中，更愿意去关注“个性化”方面的事情，至于所谓的“集体意识”，想起来都烦，有什么好说的？而这正是爱情所无法逃避的，郭靖武功那么高了，最后也还得过岳父黄药师那一关。纵使是个再了不得的人物，在岳父母面前，也只能以装孙子作为开始。我曾听过生气的人说，巴不得是双双成长在孤儿院，省却了这些烦恼。可是这么幸运的人有几个嘛……对不起，把心里话说出来了……这样，又会觉得太过孤单，没有长辈保佑的婚姻，至少，缺了点彩头吧？

正因为这些现实的考量没有进入我们的“爱情知识学”，我们的爱情才会出现剧烈摇摆，甚至以“集体意识”完全取代“个性化”的趣味，婚姻就呈现出坟墓状态，而且还以为这很合理。真正的成熟是在这两者当中找到最合适的平衡点吧？最浪漫的事情是什么？不是陪你一起慢慢变老（这是多么恶俗又多么正确的一句话呀），不是香车宝马，而是咬牙挨岳父骂，脸上还要挂着皮厚的微笑。婚姻意味着责任，意味着压力，一个人不惧怕冷遇，还要让自己承担责任与压力，也许，就真是很爱很爱一个人了。

你们恐怕还需要一点点时间，他恐怕还需要一点点勇气。

祝好运。

连岳

2004年9月22日

不是他们不可恨，是恨他们，我过不好

连岳：

中午好！

我想找个心理医生，但是一个小时要200元，算了。还是和你说说吧，会介意吗？呵呵！

上周二，我去前男友家里拿我的东西。已经一年多没有踏入那个从买到装修我都参与的他的家，原来以为自己会很怕、很伤心，结果，除了想快点离开那个地方，没有其他感觉。我真的曾经在那里生活过吗？连我自己都怀疑了。房间里没有我的任何痕迹，也是，都那么久了，他能把你的东西保存到你有勇气来拿回去，已经不错了。

上周日，和初恋男友，还有他的老婆一起吃饭。我和他是青梅竹马，她从我手里抢走了他。你会不会觉得我平淡得有病？5年前我是没想到有这么一天的，大家和谐地坐在一起（他们坐在一起，我坐对面），聊着以前的旧事，她笑着问我："要是我们分手了，你和他还有可能吗？"我平静地回答："没了，因为没感觉。"

是时间的原因吗？时间将一切伤痛都抹杀了？

有个朋友形容我：“用情很深，忘情很快。”我是天蝎座的，据说这个星座的人敢爱敢恨。爱是爱了两个男人（插曲的不算），恨呢？说真话，一点也不恨。不是他们不可恨，是我知道，恨他们，我过不好。所以我选择快点忘记，结果我就真的把大部分全忘了。除了有时候，走在上海的街头，在茫茫人海中，突然，就哭了。

前男友要结婚了，据说是和他的同事。原来，我们当初的分手真的不是分居两地感情生疏那么简单啊。初恋男友问我，用的是什么牌子的化妆品，要给他老婆也买一套。我笑着说，不行，我也要，因为没人给我买。

最好的一个女朋友要离婚了，老公有外遇。我用了一年的时间来做她的心理导师，直到最近，我觉得自己也要崩溃了。她着急了，在电话里跟我讲：“你一直都是我的榜样，你一直都很坚强的，你不能这样。”榜样？坚强？这样的评语要用多少故事来换取？

或许我不应该一个人在上海生活，这座城市里，有太多不堪忍受的记忆。我曾经以为，解开心结的方法就是直面它，在直面的折磨中，结就消失了，病就好了。

可我现在发现，或许我对我自己太残忍了。

连岳，我说得够乱的吧。呵呵，大学毕业9年后的故事，怎么能用一张A4的纸说完呢？感情始终是女人怎么也绕不过去的坎，我现在就是有点绕不过去了，为碎片般的过去，为看不见的未来。快30岁了，刚读完研究生，重新进入已经陌生的社会，结果生活得支离破碎。想找人嫁了，却发现，时间已经被读书和错误的人耽误了。呵呵，听起来很糟糕吧，但是，我说出来，心里好过多了。

谢谢你的聆听。

Scorpion

Scorpion:

我应该改行当心理医生。这样，就可以跟你收200元。如果缺钱用，还可以说话啰唆一些，把时间拖长。

原来在看《老友记》的时候，看里面的男女捉对恋爱，把排列组合的所有可能都展示了一遍，而一堆人却还是住在一起，天天开开心心地闹。总觉得，这是编辑的大同假象，只可能出现在虚构世界里。在现实生活中，我是最怕一起玩的朋友，其中两个忽然好了起来，他们一直好下去，白头偕老倒也罢了，怕就怕他们偏偏过段时间分手了，互不理睬。有什么事要请客，就得分别请他们，平白增添了我的开支；我心里真是不甘愿呀，恋爱的好处你们自己独得，分手成本却摊到朋友的身上……所以，碰到这种情况（还好不是很多），我都是极力劝他们和好，至少好到可以一起吃饭聊天。真希望你是我的朋友。你还告诉了我，电视剧集与现实生活没有想象中的巨大差距；恨，也不是爱情中的必然情绪。

恨，被认为是理所当然的事情。说了一堆不值得恨的道理，逻辑严密，结论正确，也敌不住一个女子哀怨的一句话：我就是想恨他！是呀，在一个失去男人的女人前面，有什么理由不让她恨呢？纵使谁都知道，这样恨下去，只是飞蛾扑火。飞蛾化成灰的瞬间，火并不会熄灭，反而增加了光亮。火，就是那个让她恨的男人。可是，就是忍不住要恨，所以，有时候只得放下理智，跟她一起诅咒：但愿男人都不得好死！——当然，我除外。

你说："不是他们不可恨，是我知道，恨他们，我过不好。所以我选择快点忘记，结果我就真的把大部分全忘了。"这个道理很多女人都懂，可惜她们做不到。你能不恨，能忘记，这是不容易得到的品质。它如此之少，上帝是通过掷骰子的方式选中一些人赐予的，如果有上帝的话。

西方人喜欢把"容易快乐"的性格当成上帝的礼物。我赞同这个形容。一个人智商也许很高，但容易恨、容易发怒，说不定比平静的蠢人痛苦得多；所以，人的一辈子，许多心力是花在琢磨自己的本性上面。

有哲学家说，我们花了一生的时间，才看得懂所罗门的箴言。让我抄录几段所罗门说怒气的话语。

"人有见识，就不轻易发怒，宽恕人的过失，便是自己的荣耀。"

"不轻易发怒的，胜过勇士；治服己心的，强如取城。"

人为什么很难得到这些特质？看起来总是怒气冲冲，宁愿赔上自己的一生，也不轻易谅解那个与我们分手的人？为什么？选择用恨捆绑自己，像一个受虐狂一样，在其中得到无穷的乐趣。因为，不怒，不恨，那是神的特征："有恩惠，有怜悯，不轻易发怒，大有慈爱。"人，通过艰难的心智努力，才有可能趋近于这个境界。

而你已经按所罗门的箴言行事了。锦衣夜行，你看不到自己的荣耀而已。大家都会恨，并不能说明恨是件好事，那是由于摆脱不了的命运；能不恨的人，是少数，并不说明不恨就是坏事，就像只有少数人才能佩戴巨大的钻石，别人没有，那不过是别人贫乏。

谢谢你的故事。

连岳

2004年9月29日

婚礼前的诱惑

连岳：

一直以为自己是个很幸福的人，即使时不时地冒出些小小的悲哀，也总能一笑而过。对，我确实是非常幸福，因为几个月后我将要披上婚纱，与相爱的人相守一生。但是，两周前一次戏剧性的重逢使我幸福而平静的生活起了涟漪。

他是著名的DJ，3年前我们有过一次邂逅，那时他就对我印象不错，只是我没给他机会，后来的日子没有任何联系。3年后，我成了一名艺术专业的高校教师，享受着自信、美丽而又悠闲的日子。新学期开学，学校安排我周末给一批媒体从业人员上课，我欣然接受。原以为这次授课同以往不会有任何不同，但是当他走进教室的一刹那，我真的有点傻了。后来的事情是意料中的，我们又恢复了联系，只是这一次，他不再轻易地把我放走。尽管他知道我将要结婚，但他并不打算放弃，不断地发短消息、打电话，甚至到学校来找我。而我呢，尽管明白像他这样的人多我一个不多，少我一个不少，但我还是会忍不住回他的短消息和电话，同他见面。当然，我会保持最后一份清醒。

我和老公是大学同学，相识8年，相恋6年，历经无数波折和诱惑，一路走来。我们两个无话不谈，因此他非常明白我的困惑，也知道这次事件、这个人绝不会像以往的那般简单。他对我没有过多的要求，只是最近对我更体贴了，常常带我出去玩儿，每次下课都来接我。而他越是这样，我心中越是感到愧疚。我知道身边这个人是可以依靠一辈子的；我知道每次与那DJ联系对身边的他都是一种无形的伤害；我还知道一旦我动了真情，越过了界，我将会被伤得体无完肤，一辈子的幸福也会毁于一旦。可是，我就是无法下狠心不理会他，更何况这门课会持续整整10周。

有朋友说我们两个干脆说清楚，大家做朋友，但我很明白，这样的男人不会需要一个普通的异性朋友。一个我告诉自己千万不能糊涂，不要拿幸福作赌注，另一个我又有些依依不舍。巧的是，他和我老公都是双子座的男人，充满自信，有些不知天高地厚，想说就说，想做就做，知难而进，人生字典里没有“困难”两字，也没有不可能的事情，而我这个射手对这样的男人没有任何招架之力，加上一点惰性、一点好奇，很容易就会被“骗走”。连岳，我这样是不是很危险？一颗小石子扔进心湖，该如何尽快地恢复平静？如何不让它涌起更大的波澜？

花了几个月的时间才为自己选到了一双满意的婚鞋，粉色的玫瑰在雪白的鞋面上淡淡地盛开着，非常漂亮，穿着也非常舒服，似乎就是为那幸福的一刻准备的。曾经每天都要拿出来欣赏，想象着自己的美丽，而现在，每当我看到它，心中却莫名透出一丝忧伤。

连岳，你会看到这封信吗？不管怎样，对我说些什么吧，寥寥几句也好啊。我真的怕自己坚持不了，做出傻事。

露露

于大雨将至的午后

露露：

你的邮件，我压后了两周才回。你的婚礼，可能会挑在这个国庆完成吧？我的答复，于是会显得迟一些，对你原定的计划没什么影响。这是特意安排的。时间能解决一切；如果时间都解决不了，那么，除了给自己更长的时间以外，恐怕别无他法了。你问“一颗小石子扔进心湖，该如何尽快地恢复平静”。正确答案是，我们只能静静地站在湖边，让那些涟漪扩散、消失；而那颗石子将沉在湖底，成为湖的记忆。如果我们跳入湖中企图抚平水波，只会折腾出更大的动静。

如你所说，人是一面湖水的话，就无法避免有人亲近它。湖的命运就是喧哗与平静，湖的力量就是能把喧哗复归为平静。

无论你这面湖有没有平静下来。我们接着说另一件事。

弱水三千，只取一瓢饮。这句老话，是最好的婚礼誓言。婚姻就意味着失去了许多可能性，成为唯一一个男人的唯一一个女人（这至少是普遍接受的观点，至于有没有普遍得到遵守，那只有天知道；即使你不打算受这种规矩的约束，毕竟行动起来不如未婚者方便），这是人在婚礼来临之前产生失落感的主要原因。从此以后，不能玩啦，不能挑啦，不能炫耀自己男朋友多啦，追求者也都失魂落魄，纷纷散去。这些令人心碎的事情，不过换来一个婚姻，买菜做饭，送往迎来，三姑六婆，供房供车，生儿育女，性爱一个月说不定只有一次，而且都还应付了事……

年轻时要多恋爱，当意识到婚姻是失去了大把玩乐机会，而你依然追求婚姻，这样的婚姻，才会稍稍稳固一些——这说明，你找到了婚姻中真正有价值的东西。你已经挑好了中意的婚鞋，却还给最后一个追求者机会，但是又怕过火。这种心态，可能就是婚姻前失落感的呈现吧？“他是一个好男人”这个借口太靠不住了，好男人很多，和坏男人一样多，爱不了那么多的。

我曾经收到过一封极为坦诚的邮件，一对青梅竹马的人成了家，丈夫却非常痛苦，他爱妻子，但是他不甘心一辈子只见识过一个女人，他愿意给双方自由，他可以有第二个女人，她可以有第二个男人；而他可以依然只爱她一个人。多么敢于直面自己的一个男人。

你的苦恼当然不会像这个男人这么另类，不过，性质相同。都是那么那么不甘愿，不能说这种情绪错了，这只是人的本能。

所以，流于沉闷的婚姻是一种罪恶，它封闭了人的可能性，却不能让人在这唯一当中得到更多的快乐。所以，你若结婚了，不要让你以后的婚姻流于沉闷。这是我们今天得出的正面结论。

连岳

2004年10月13日

有一种黄脸婆性格是自我养成的

连岳：

你好！

我大学毕业没多久就结婚了，太早结婚对我来说真的不是一件好事，因为我是一个很容易厌倦（说穿了，是有点喜新厌旧）的人，习惯了以前被很多异性包围，习惯了自由散漫的生活；结婚对于我真的是懵懵懂懂，我想我当时是考虑清楚了该嫁的人，却没有考虑清楚我该不该这么早嫁人。或许我只是想趁自己最年轻美丽的时候，穿上最美的白纱，做个最美的新娘。

虽然老公对我很好，好得无可挑剔，但是婚后生活，我总是感觉有一点单调和乏味。不再能跳舞跳到虚脱，唱歌唱个通宵，聊天聊到天色发白，也不能给家里留张纸条就背个背包到另一个城市闲逛（现在这样做的话，两家人家肯定会紧张兮兮地打爆我手机，守着我回来，还可能怀疑我是不是有外遇）。

生活对于我来说从选择题变成了判断题，我

习惯了做每件事情前先想一想，这样做对不对，对老公好不好……我小心翼翼地做着一个好妻子，上班下班，两点一线，偶尔去菜场买菜时看到周围的中年妇女，衣衫不整，头发凌乱，在摊子前讨价还价，我感觉害怕极了，也许再过几年我也会像她们一样……

家人都催着我们生孩子，我也很喜欢小孩，但是我自己都还像个小孩子，需要别人哄，需要别人照顾。我连自己都不开心，怎么对我的小孩负责，怎么让他（她）开心？我知道很多女人都过着或者即将要过这样的生活。

谈恋爱时候，会跟恋人说：你在我心中是最好的，是无可比拟的；结了婚后，看到同学的老公买了新车子，买了大房子，带她去国外游，总也免不了在暗地里做番比较，然后在老公面前絮絮叨叨……我想我是不可避免地变俗了。以前那个我看了三毛的书就想和她一样去撒哈拉沙漠，找个爱的人，过与世无争的生活；看了安妮宝贝，就想做个自由写手，在自己喜爱的城市间跳来跳去，写着或淡或浓的爱情故事，这样的我已经不在了。

在别人眼里，我应该还算幸运的，不必上早九晚五的班，做着轻松的两份自由工作，并且那曾经都是我的爱好，但是时间长了，当爱好变成了工作，变成了赚钱的工具时，你也会对它感到厌倦，感到乏味。连岳，你是不是也曾有过这样的感觉呢？当然更多的可能是你没有，你很热爱这份工作，并且觉得我是无病呻吟，太不容易满足。

Cloudy

Cloudy：

我猜想，你可能是一个很妩媚的人，我若见了你，作为一个男人，恐怕也会立场全失，是非颠倒，专挑一些你爱听的话来说——哪怕你已经结婚了，依然认为自己会有亲近你的一线机会。男人见到可爱的女人，百分之九十是这样的贱相，还有百分之十满脸庄严，那是因为他们觉得那样更加有效。

当然，我不觉得这样有什么不对，娇惯女人没什么不对的，尤其是她们是别人的情人之时，更是如此。有些聪明的女人，知道这是假象，会慢慢调整，在容颜褪色之后，内涵顺利接手；这样的女人，年轻时漂亮，年长了有智慧，真是这个世界的珍宝。对男人，当然是“杀无赦”，让什么时候有幸亲近她的人都如沐春风。

这样的女人不多。

更多的人要为她们在某段时间内得到的过多奉承付出代价。当别人只愿意把她们当作普遍人看待时（请抬头看看时钟的秒针，它一秒一秒一秒一秒，迟早会把如花的女子走成如花凋谢的女人），心理就瞬间崩溃，总觉得所有人都在亏待她，而得到她的人占足了便宜。所以，抱怨一切东西，丈夫、婚姻、家庭、孩子、事业、社会，似乎她没有嫁入摩纳哥皇室，都是拜这些“奸人”所赐，而摩纳哥王子没有娶她，更是不可原谅。抱怨多了，脸上的肌肉组织都变得结实且错位，人人避之唯恐不及，而唾沫横飞的这位，还以为自己“千娇百媚、倾国倾城”，只要伸出小指勾勾，还会有大把男人像狗一样趴在她面前。

Cloudy，一个女子普通，但是温柔；没有过太多人哄，却心态平衡，比上面那样的悲剧女子幸福吧？而Cloudy呀，你正在开始读悲剧的脚本。你担心你几年以后会变成黄脸婆，你不觉得，你现在的心态就是黄脸婆心态吗？什么都不满，什么既得利益都嫌不够多。你电邮里的“三毛”“安妮宝贝”“背包游”“自由”……换成“三毛钱”“安胎丸”（对不住前面提到的两位）、“菠菜”“咸水鸭”……那么，就纯粹是黄脸婆的议论了，因为内里的逻辑是完全一样的。

这是电子邮件的好处，我可以不被你的妩媚外表迷惑（你应该很妩媚吧？如果不是，你就太过分了），就事论事，可以说一些真实的话。我的意思是，如果我们从生活中得到了什么我们想要的，我们只能心存感激，那是我们的幸运；而如果我们从生活中得到了什么我们不想要的，我们最好不要怪别人，那可能是我们自找的。只要是一个人，你的自由，你的梦想，你的人生实现，都还百分百摆在你自己面前，等着你自己掌握；爱情也罢，婚姻也罢，都不是你的障碍，不必把它们污名化以衬出你的可爱。

真话总是不好听的，而且可能是你第一次听，若有些不习惯，请你原谅。祝你快乐。

连岳

2004年11月3日

作为想象异邦的一夜情

连岳：

你好。

和他是在QQ上认识的。问我的第一句话就是：“你会一夜情吗？”我汗死，但很好奇，就和他聊下去。他说要来出差，想找人陪，但只想“睡觉时搂搂抱抱的感觉，不会发生性关系”。我心惊，如此凑巧？！我原就打算在20岁生日前堕落一回，而现在，他居然就给我提供了一个堕落的机会！

第一次见面是在他到杭州的那个晚上，在我的学校门口。从寝室到校门口一段路我走了20分钟，感觉像去赴一个重要的约会，前途未卜。我有点紧张，手插衣袋里，只是微笑，说hi。他说第一感觉是我很拘谨。后来他说想参观一下我们校区，我说快10点了，会不会太晚。然后就在校门口分手。

第二天，我问他要不要来参观，他说下雨，算了。后来问我要不要去他那儿堕落。汗，当时快10点半了，我还不敢做这么离谱的事。

第三天，他又问我要不要过去，我说如果你可以在10点半前送我回来。他同意。然后坐公交车过去，没有打的是因为还想让自己有思考、反悔的机会。开始的时候和他在学校里逛，聊天。然后去了他住的宾馆。我并不知道如何开始一个话题，我一直只是一个很好的倾听者而非倾诉者，而他说他也是。数度冷场。空气中只有音乐飘荡。我不知道如何接下去说，也不敢正视他。幸好还可以上网，转移尴尬。快10点时他说送我回去，我松了一口气，但……还有……失望？

第四天，我心情很不好。那天晚上他若要我去陪他，我想我会的。发短信给他，等了两个多小时都没有回。等到手机铃声响起——不是他的短信！我手脚冰冷，面色苍白。我爱上他了？

过去的20年中，有人爱过我，或正在爱我，但我不曾爱任何人。为什么对于他的离去，我会如此痛心，甚至郁郁寡欢，心情低落？

想起一句话：在年轻时，用力地爱，深深地痛，然后对爱情免疫。

忘记他，也许需要的仅仅是时间？……

上面这段文字，我也贴在天涯了，他看过了，觉得我并没有“爱”上他。难道是我不懂得什么叫爱？可是我真的很痛苦，不开心。

女孩，你好！

你没有署名，不知如何称呼你。你看来很想厘清自己，这是第一封张扬的邮件，你甚至还贴到了网络上。我想了想，还是把邮件中一些具体的地名删除了。我们还是带一层保护色来讨论你的问题好了。我们尽量在极度自我封闭与极度夸张之中找到一个中庸的立足点，就像一切真正的爱情一样，总是有平静向前流动的力量，像一条大河。我收到很多邮件注明不许发表，这个注明也说明爱情的另一些本质：脆弱的一面、冷漠的一面、嫉妒的一面、无力的一面……总是会被藏在光的另一面，在黑暗之中，我们似乎才能面对自己。这些邮件有些主要目的就是倾诉，我要说，我都仔细看过了；有些邮件还要求回邮件交流，我只能借此机会说，我不可能做到这点，我们一周只会找一封邮件刊登。如果你的情感或者其他困扰让你心理无法调适，建议你及时看心理医生。

女孩，你看，我们的爱情就像一个情感问答专栏一样，会收入很多很多的问题，但是绝大多数却只能消化于无形。你已经远远过了成人年龄，我依然叫你女孩，那是因为我认为你只是一个孩子吧。心智未熟，你不必担心，有人到了40岁也一样熟不了，还是会犯很多低级失误。

我不知你的生活中是不是极度渴求性爱却又得不到，所以会衍生出你渴望“堕落”的行为。中国古典小说中，小姐在后花园见到一个男人，就会一见钟情、私订终身，甚至不顾严苛的礼教巫山云雨起来——这是古典主义的“一夜情”，比现在危险多了，那时可没有安全套——你知道为什么老有这种情节吗？小说技术太落后？不，不全是这样，主要是因为小姐除了自己的亲属，几乎见不到其他男人，只要见到了，春心荡漾，轻易爱上，那才是人的本能。

一夜情玩成了爱情，那是一夜情与爱情的双重失败。你偏偏就这样玩。你打着“堕落”大旗，高调出击，前提是晚上10点半要回家，好姑娘的本性难移呀。还好，你遇到的是个善类，能体恤你。不过，也有可能，看你这种架式，一副要爱得天长地久的样子，吓得不敢惹下后患。看看你这几天的行径，哪里有点一夜情的样子，明明是在相亲嘛。即便是这样不咸不淡地见了几面，就号称爱上了。我想他看了你现在的表达，恐怕会后怕不已。

你当然不懂爱情。女孩，你太想置身于传奇当中了，这几天，只是发生了一些小事，你就引用了夸张的一句话：在年轻时，用力地爱，深深地痛，然后对爱情免疫。你看来还要和文学过不去哪。你的这篇《秋游二三事》，与“爱”和“痛”有什么关联？

还有，一夜情并不是你想象的美好“堕落”。将与之上床的男人，也许牙齿发黑，口气恶心，内裤三天没换，已经出现黄斑，皮肤很差，干燥多疤……这一切的一切，与性爱的自然、干净、融合、快乐，背道而驰。胆子太小，最好别玩，尤其是你，要早早回家的。

连岳

2004年11月14日

远离拉斯维加斯和三十男人

连岳：

你好！

这是我第三次写这封信了，前两次都忘了保存，写了一半消失得没有踪影。所以我还是决定长话短说（的确是有些silly吧）。

我刚刚毕业，但是没有认真地谈过恋爱，别人都说我单纯得不像话，我知道我对感情是有点被动有点木，还有一部分是不自信造成的。我刚进单位，座位比较偏僻，平时大家很忙，没有时间来指导新人，我的上司也是刚刚上任，她也不太会教我很多。我觉得自己在这个单位太渺小。但是公司有个部门经理经常会来关心我，也许他只是比较喜欢与人交往吧，大家都知道他是个人缘很不错的人。他看上去很有活力很乐观开朗，光从外表无法看出他的真实年龄，更不会知道他已经结了婚，虽然在别人问起的时候他从来不避讳自己结婚数年。我发现他可能是这个公司唯一一个还有精力来关心我的人，无论是我生病了还是工作心情不佳，他都会察言观色，并且问我原因。当我被公司同事忽略了的时候，他还会制造机会让大家来关心我。

我觉得他有时候很远，有时候很近，说不清楚的感觉。原本枯燥的每一天因为他时不时地出现而变得有生机起来，然而偶尔也会有同事开玩笑说他到小姑娘的座位那里跑得太勤快了……我想他是不愿意听到这些的。有一天我心情很差，不自禁地跟他抱怨了很多我工作上面的问题，我知道他是没有办法理解一个大学生的浮躁的，毕竟他们已经工作了十几年。但是他确实给了一些鼓励，什么从小做起，只要肯努力。我知道我那些浮躁的抱怨很silly，他却说silly的女孩子更容易被男孩子追，因为男孩子都想要利用女孩子的silly。我说那样的男孩子肯定都是bad boy，他却毫不避讳说自己就是这样的男孩子。我不知道他为什么说这些，我想他是在鼓励我吧，毕竟我是一个太没有信心的女孩子。

一个朋友说，三十多岁的男人想法不会单纯到哪里去的，也许他只是想要在上海这个异乡找个one night stand的女朋友。我不愿意相信这些，因为我不希望他是那种很玩世不恭的男人，他的眼神为什么可以做到那么真诚呢？连岳，老到的男人真的可以做到这样吗？有些人就是那么喜欢做大众情人吗？

SILLY GIRL

SILLY GIRL:

写这个专栏，使我成了“蝙蝠”，既不是飞禽，也非走兽，左右为难。男性读者的邮件来了，我得想办法知道一些女性的弱点；女性读者的邮件来了，我当然得出卖一些男性的秘密。总的来说，女性读者的邮件占了绝大多数，所以我快成为男性叛徒了。

要叛变，就叛变得彻底一些。

一个女性，唯一要警惕的，就是三十多岁的男人。仿佛泰坦尼克号要警惕冰山一般，很多像这艘华丽大船一样有远大前程的女生，就是在爱情的处女航上碰上“三十男人”冰山，成为海床上的寂寞残骸。

二十来岁的男人，一穷二白，在职场与社会上，都是小角色，即使混黑道，也还处于替老大挡子弹的马仔阶段。满嘴大话，身无分文，三餐不继，家徒四壁（还是租来的房子）；偏偏这样的人，脾气一般都还很大，动不动就冲你发飙，让你滚。什么都没有，什么都看不惯，唯一用不完的就是愤怒。他们爱憎分明，基本上还不会骗人，总觉得女朋友多得是，走了一个还有两个在等着，为什么要用骗？用抢就可以了……

四十来岁的男人，如果不成功，依旧是配角，那么已经显出老态，眼神变得畏缩，说话吞吞吐吐，唯恐哪个字眼得罪人，借着酒劲说的成人笑话，要么就太黄，要么就一点不好笑。开始谢顶，衣着又老土，倾全身所有买件礼物，也超不过五十块钱。他们没有胆去骗女生了，自知之明还是有的，偶尔吃点豆腐，就像过节一样了。这个年龄层有一票自以为成功的男人，由于有钱有势，又有人奉承，精气神倒还都在，只不过再也不屑劳心劳力去骗女生，会直接拍出支票包养一个或若干个情人，相安无事，不吵不闹。

三十来岁的男人，有了一点钱，有了一点阅历，总结了一点情场经验，变得温和，却不失个性；一时失意，总认为来日方长，也不会丧失斗志，偶尔看起来还有落难才子的美感；懂得哄女生了，有耐心听她的唠叨，再不会暴躁咆哮了；又看不起包养这种肉体交易，不忘讲点情调，放长线恋爱个半年一载，也不觉得烦琐，骗不上床，也自认为是柏拉图，有了精神恋爱。若是男人三十得志，那更可怕，皮肤紧绷，肌肉结实，熟悉好的餐馆与咖啡馆，衣着、美食、运动、学问都不露怯，谈吐有趣又不饶舌……他们起心思骗个女生，得手的概率很高。

你也许会说，这样的“三十男人”有何不好？好，全都好，他们只有两个缺点：一是有了老婆；二是不会和老婆离婚。你和他们不清不楚地纠缠几年以后，往往身心俱疲地退出，那时，你恐怕是个“三十女人”了，人生当然没有太多损失，还明白了两条道理：一是输给了别人的老婆；二是很难再找到合适的人当他的老婆了。

远离“三十男人”，就像要远离赌博一样，它会让你上瘾，先赢一点小钱，然后输光所有。

连岳

2004年12月1日

爱情的效率

连岳：

一直撑到现在，终于不行了。旁人看不过是浪花一朵，投身其中却是惊涛骇浪。情感事情历来如此。无法自救，不知是暂时还是永久。所以求救来了。

刚工作时，A对我示好，不过从未明确表示要和我建立恋爱关系。我知他意，彼此心照不宣。同时，B由于一些工作及活动，与我联系渐多。他对我提出了交往的要求，我同意了。

几年前，与B仓促成婚。在买房、婚宴、装修等问题上，我家与B家出现N多分歧，让我受尽了气。我不爱他，他说是喜欢我的。不过既然结婚，我有自觉要好好维持这个婚姻。

B在休息的日子里，均以电脑游戏、搓麻、打牌、睡觉度日。工资卡直到现在还在他父母处。至今不知我家附近菜场在何方。我在超市购物，拎不动，打电话让他帮忙，他不肯下牌桌。

我和他在一起时尽力让他开心（我有一些幽

默感的)，从不在同事、朋友甚至我父母面前说他的不是，家务大都我做，开销大都我出，自己工作上的挫折从不对他诉苦，给他买各种他爱穿的、爱吃的。他均视作理所当然。

我终于心灰意冷。两人开始冷战。因为一个偶然事件，A热心帮了我忙，不管他是出于什么目的，我都很感激。我和A接触越多，我发现自己越来越喜欢他。后来，我们热恋、做爱。他已经结婚了。

A离婚了。他爱人起先不肯，离婚后亦未搬出去住，A也默许。

B自我提出离婚后，愈发散漫得肆无忌惮。我和他谈过许多次，我也很难下决心离，只要他稍许体贴，我一定会心软。可是，我所说的一切，他均认为是我庸人自扰，是我想太多。可我说的都是事实，他无从抵赖，遂不作声，亦不讨饶。一副“你爱怎么着就怎么着”的样子。而后，为财产问题陷入僵局，至今。

A自离婚后，对我的态度有了落差。他说如果要和我在一起，阻力重重，言谈中暗示想和前妻重归于好。他又说和他前妻彼此没有感情，不过人要屈服于现实。我要他明确对我说出分手。他不肯。我一时无法接受，很难过，于是做出了一些从未想到自己这辈子也会做的、一直不屑为之的行为，不依不饶地纠缠。这是一个一直感觉会冷的夏天。

我对自己说，不要再给他打电话。可是，A却开始联系我，我对他说：你不是想我，是怕我不再想你吧。嘴硬心软，事实上我想他，非常想。这两个月，我们又有了联络，他表现出对我的留恋和喜欢。

现在，我很确定，即使没有A的事，我也一定会和B离婚。可是对于A，我不知该怎么办。

不想崩溃的人

不想崩溃的人：

读你的邮件几乎让我崩溃，我从来数理都不好，代数更是弱项，邮件里有若干个代码，各自又有若干种可能性，我把它们彼此的关系理清楚，已经花了半个小时以上的时间。

我先说最近我如何提高工作效率的经验。

我平时写稿件还算是非常高效的，从来不怕接那种半小时后就要截稿的救急文章（前提是稿费够吸引我），但是，有稿件也能拖到四五个小时才能写完的，而且这种状态经常出现，搞得非常疲惫。就多留了个心眼，在自己工作时，让一部分精力跳脱出来观察自己，到底都在做些什么。

发现我在同一时间段想做太多事情。在写稿的同时，会打开视频看网上电视，或者听音乐，有时还异想天开地练听力，在IM上与朋友、编辑交流，还时不时去收邮件，看滚动新闻，甚至玩游戏，发手机短信，制订工作计划……如此这般折腾四五个小时，头不炸开才奇怪，似乎什么事都在做，却什么事都做不顺利。

如果每天都这么度过，那么，生活真是一片灰暗，像是在废墟中挣扎求生的人，满脸碎屑。

没有效率专家可以问，我只好自己解决，看了一些专业文章，找到这条效率金箴：一次只做一件事情，是效率最高的行事方式。

按方抓药，现在写稿之时，最多只开点音乐听听，果然效率大升，一下就觉得工作轻松了许多，其他事情，好像也没怎么耽误。

接下来我们把这条效率定律引用到爱情领域之内，它照样可以起作用。

当我们在A、B两者皆可时选定其中一人，当我们一次只爱一个人的时候，爱情的效率是最高的。这里爱情的效率并不是指我们在有限的一生中，可以爱的人多一些，而更着重的是说我们可以迅速尝到爱情的精髓，顺利得到蜜，并咂尽了它的甜。有效率的爱情一生可能也只爱一个人；无效率的爱情可能在死前情人名单上有三百多人，却只收获了苦恼。

有这个原则来指导你的现状，在A与B之间，你一定会和B离婚的，剩下了A。

要不要与A继续，是与否两种选项都有理由，这时候，需要把问题单纯化，拿一枚硬币出来，让命运来做主，正面继续，反面分手。这不是玩笑，也不是儿戏，太多的感情无法迅速选择，使我们在犹豫当中丧失了所有的时间与勇气，最后在抱怨与仇恨中与他终老。

我们在林中面对分岔路口，不知哪条路的风景更精彩，我们会随机做出选择，放弃其中的一条，然后，享受我们正在走的那一条路。我们不会站在分岔口不知所措，赔上自己的青春。可怜的是，在面对感情的分岔口时，我们能想到的，只是把自己剖成两半，一半走一条。只是，我们剖不开，剖开了，会痛，会死。就算剖开了，分岔之后还有分岔……

在一次爱情中，我们会觉得，这个人是我们一生的所有，离开了就会死。不得不离开以后，在下一次的爱情当中，你会发现另一个人是你一生的所有。果断地离开不会死人，只有把问题复杂化会死人——烦死人。

顺便说一声，如果你面对的是一个进退维谷，又想左右逢源的人，弃之不太可惜。因为他违反了效率原则。

连岳

2004年12月8日

上帝若给了你一切，你就应当对得起上帝

连岳：

我今年26岁，外表美丽、气质出众，性情温柔、青春活力、稳重内敛。天赋加努力让我从小就出类拔萃，大学时成为学生党员，毕业时被评为省高校优秀毕业生，并顺利考上了公务员，捧得“金饭碗”。我是幸运儿，上帝给了我女孩子该有的很多优点。3年前，我宣布择偶硬件：身体健康、素质修养好、能干且有发展潜力，至于家庭背景和经济条件，不是必要条件。因为我始终坚持认为：婚姻是以感情为基础的，只有真爱才会幸福。所以，尽管众多追求者中有高干之子、企业老板，更有各行各业自以为是的优秀青年，可我选择的男友已过而立之年，出身贫寒但自强自立，才华横溢、儒雅内秀、稳重大气，优秀男人的品质皆备。他虽不能给我很好的物质享受，但我坚信自己的眼光独到，选择正确，不屑与那些开发自身资源换取物质基础的女孩子为伍！

但我开始发现在这个社会上生存，是完全没有任何游戏规则可言的，真才实学已被埋没在关系网

中。每天如临深渊、如履薄冰和对事业的极度渴望让我开始苦恼自己没有任何依靠，领悟到如果有一个拥有政治权力或是经济实力的男友，就可以为我的事业搭建平台，就能有机会把自己的意愿付诸实践。我不是一个势利的女孩子，我始终认为当代女性应该自强自立，要积极对待人生，要用真才实学充实自己，要加强思想个性修养，增强自控能力和对挫折的心理承受力。虽然我有足够的资本，可我绝不放弃尊严来贪慕一时的奢华，否则，我和那些在欢乐场中量贩的青春三陪女又有何不同？

工作中的挫折也许我还能坚强地面对，给我造成更大心理压力的是我的父母。他们经常讨论我的男友，进而设想以后的生活。因为我没有找个有足够安全感的男友，就让我的父母更为我今后的生活多一份担忧，我也没能力让苦心养育我的父母晚年生活质量提高些。于是，在和男友的交往中，我开始时不时流露出对缺少物质生活的感叹，这在自尊心极强的他看来，是一种伤害。我们的关系日益紧张，甚至考虑过分手，彼此都非常痛苦。和他结婚，生活只能是非常平淡，没有依靠，我将无法实现我的理想，实现尽快提高父母的晚年生活质量的愿望将变得遥遥无期。

现在每晚因此噩梦连连，我该怎么办？

宠儿

宠儿:

你的邮件对“那些开发自身资源换取物质基础的女孩子”和“欢乐场中量贩的青春三陪女”有很正确的批判，振聋发聩，对我来说，也是上了生动的一课，我下定决心，写专栏多么辛苦，也要努力挣这个血汗钱，不起投身欢场卖肉的邪恶念头，先谢谢你为其他许多上帝的宠儿树立了洁身自好的榜样。这还让我想到一个朋友的故事。她有阵子事业艰难，有一天和妈妈抱怨，早知如此，不如去做了别人的小——我有不少这样没心没肺的朋友，什么心思都有脸说出来。

你猜她妈妈怎么说?

她说：当代女性应该自强自立，要积极对待人生，要用真才实学充实自己，要加强思想个性修养，增强自控能力和对挫折的心理承受力。

不对，这是你说的。她妈妈没有这么高的理论修养，她只是充满同情地说：“女儿呀，你立志太晚了，现在去当别人的小，也没人要了。”

当然了，我这个朋友现在是个事业非常成功的女人，这个世界上没有轻易的成功——这句话很俗，但却是真的——在失意的时候调侃一下自己，出出气，说什么都是可以的。我也是这么理解你的。不然，越看你的邮件，发现你越有走向你批判的对立面的倾向，“开发出自身资源”，动用你“足够的资本”，找一个“拥有政治权力或是经济实力”的男友做靠山，以实现自己的理想（我很好奇，你的理想是什么？是拥有权力后扫荡关系网？还是大力提携没有靠山的青年才俊？），不过，你和她们还是有区别的，她们用你的话来说，是“量贩”，而你，是“专卖”，即使“堕落”了，在品位上也还是高出一个档次的，价位也还是昂贵的。

如果不是开玩笑，你是玩真的，那么，我也只有一个疑问，你是不是立志太迟了？只怕这间“专卖店”等不来太好的主顾了。不过，26岁，还年轻，也许不算太迟吧？努力！奋斗！钓金龟！

（在这里，我要向我的读者们致歉，上面的答复不是我这个励志劝善专栏应该说的话。你们会原谅我的，我也实在是无法可想，只能由着她去了。即使是上帝来写这个专栏，也会作出和我一样的答案。你看，上帝已经给她够多的了：“外表美丽、气质出众，性情温柔、青春活力、稳重内敛”，还给了她一个男友，“自强自立，才华横溢、儒雅内秀、稳重大气，优秀男人的品质皆备”。一对相爱的男女，上帝实在无法给出更多的东西了，亚当夏娃，他老人家也只送了个果园子而已，而且亚当还动了手术，身体残疾——少了一根肋骨——还不太符合她的“身体健康”的择偶硬件。）

上帝已经倾其所有帮助你，你还是不想靠自己，只想着卖，那只好祝你成功了。噩梦连连的，应该是上帝吧？他恐怕越来越不能理解他创造的生物了。

连岳

2004年12月15日

爱情是不受要挟的自由意志

连岳：

我是逃了10节课去南京看他，才有机会再次看到你的文字的。

这次走了，也许，今生再也不会去了。

在南京的几天里，每天，他都在想，怎么样才能让我开心一点。我呢，每天都在尝试着让自己显得开心一点。只是，眼泪，会忍不住掉下来。悄悄擦掉，在他不注意的时候。正因为也许是最后在一起的时候了，更要留下美好的回忆。和他认识一年五个月零十五天了。初见他的时候，我只是一只淋透了雨、无家可归的小狗。他很好心地帮助了我。之后，自然而然地成了朋友，没有人先说那三个字。但是，心意相通。

可是，他不能等我3年了。他妈妈40岁左右才生了他，他比我大11岁，而我，要3年，确切地说是两年半之后才能够毕业。

这次去的时候，他妈妈，在生病中哭着跟他说，你，总不能像那些人一样40岁才结婚吧，和我差不多大的人的孙子都已经有孩子了，可是我，连个孙子也没有。我在别的房间听着他妈妈的哭诉，无能为力。年龄，在我来看，不是问题。可是，有些东西，也许不能如此简单地逾越。

也许，从世俗的眼光来看，他是配不上我的。学历、年龄、以后的发展……不过，真的不觉得这些有什么，他的人品和心，是绝对很好很好的。怎么没有人注意到？

以前，他从来没有觉得自己将来和一个硕士生活是多么可怕的事情，他从来都觉得自己的内在是配得上我的。可是现在，他开始犹豫了。也许，是以前我们太天真了？

我走了。他也许会去寻找可以做老婆的人，给他妈妈一个交代。我不反对，不哭不闹。如果，他没有找到，不顾世俗，我会去嫁他。爱他，希望他幸福。自己的幸福呢，寄存在别处。至少，在这两年半里。

可是，从昨天晚上他没能打电话给我开始，我就开始很难过很难过了。不舍得，真的不舍得。

世俗中的“门当户对”真的那么重要吗？我并不鄙视世俗的东西，只是，一直以为自己可以把这个传奇做成的。一直以为，在这三年里，安安静静地学点东西。三年后，守着世俗中认为并不相配的可是我却深爱的那个人就这么过一辈子。

等到年华老去，回首，发现一段传奇已经做成。也许，这就是我太不够成熟的地方吧？！可是，梦想不是可以变成现实的吗？

中午，忍不住打电话给他了，哭得很厉害。他说他是个好的搬运工，会把我堵在心里的东西搬走，说我们永远也不分手。可是，我知道，即使心里永远也不分手，现实中，还是只能这样了。

我们，就这样在天真和现实之间游离、挣扎，忽而安慰自己，忽而彻悟痛苦。

Z

于异常寂寞的研究室里

Z:

把珍珠送给猪，它并不会珍惜，只会踩在自己的蹄子之下。把鲜花送给羊，它不会陶醉，唯一的选择是把它们给嚼烂吞下。所以，我们不和猪羊之类的动物谈恋爱，不是出于“门户之见”，实在是它们理解不了爱情，没有沟通的基础。

这个世界上，有没有一类人，理解力、鉴赏力与猪差不多？毫无疑问，有。

要不要和这类人恋爱呢？他们毕竟是人呀。他们不过是披着人皮的猪而已，可能会终生愚蠢。毫无疑问，不应该和他们恋爱。最好连普通朋友都不要做（当然，这个建议与博爱精神、天下大同理念相左，仅供参考）。远离愚笨之人，是爱情的第一原则。

我是不是在暗示你这位南京男友是猪？

不是，我是在明示，并且认为他母亲是猪中之猪。

新年到了，我要积点口德，不继续骂了，我原本是一个多么斯文的人，现在变坏了。不过，这对母子拒绝了你，甚至动用了乏味而老套的眼泪攻势，对你来说，是好事，他们怎么配得上你呢？他们如蛆附骨，那才会让人替你惋惜。

我的意思不是说，爱情就只是两个人的空间，与他人无关。鲁迅先生早就英明地指示，才子佳人是不可能单独生存的，他们至少需要一个卖烧饼的。爱情是一种社会行为，总是会和他人发生关系，尤其是男朋友的妈妈，迟早会浮出水面，何况现在老太太们的年纪越来越长，婆媳这对天敌，彼此对峙的时间也大大增加了。与一个人相爱，就得面对这些烦人的事情。爱情就像喝醉，踩在云端的柔软快感消失后，就得面对头痛的后遗症。

爱情多么让我们头痛，我们也愿意去喝这杯酒。这也正说明人这种动物是需要爱情的。许多人的爱情在两人相处时活得好好的，可是一现实成婚姻，面临繁复的关系，就乱了分寸，仿佛长在荆棘丛中的百合，窒息而死，迅速演变成一男一女搭伙过日子、一雌一雄完成繁殖任务。

这是因为放弃了爱情的底线：它应该是一种不受要挟的自由意志，它是两个人的自治王国。他人充其量只能是意见、建议，不能有命令、恐吓。相爱的两个人，任何一个开始屈从于第三人的强力——可能通过纠缠、斥责、眼泪、辱骂、金钱等多种方式呈现——即是爱情的死亡之日。考虑到中国的实情，长辈的控制欲普遍比较强，这种“强力”是普遍存在的。

回到你的具体问题，你们即使结婚了，在生育上，你的选择与权利是要得到最充分保证的。完全把你抛开，满脑子只是“我们家要的就是早生快生的传种人”，这是把你当成母猪女郎——不过，这蛮符合猪的逻辑。不合理的要求在婚姻中会遇到很多，这还不算严重；真正不可原谅的是，他把这种要挟当回事。你不赶快跑开，我都会拽你离开。

所以，我看不出你有什么需要痛苦的。

连岳

2005年1月5日

离开那些蠢人吧

连岳：

三年前我和他开始相恋，可以说我们是很多人羡慕的一对，各方面条件都比较优越，我觉得我找到了可以托付终身的人，我们的关系发展得很快，经过一番思想斗争，我决定把自己所有一切都给他，但噩梦也从那天开始。我的第一次没有像其他女孩一样，没有见红，他怀疑我没有把第一次给他。我在此之前也曾和一个男孩交往过，在和他分开时，他和别人说我们什么都做过，流言也就传开了。因此，他更加确信我没有完整地给他。可我自己非常清楚，我不是那么随便的人，我相信我可以用我的行动来证明一切。我努力对他好，可以说只要我能做到的我尽量做到。

在这三年里，我能感觉到他也在尽力转变自己的看法，可是我们一次次争吵，每次我都只有不停地落泪，我从不和他吵，我也不知道该怎么说，哪怕他骂我是破鞋、骂我贱，我只是一遍又一遍重复“我没有对不起你”这句话。他说他不信，娶一个不是处女的人当老婆是他人生大忌。

我一直熬着，希望有一天他能想通。我为他做了三次人流，每一次手术过后，我都想我为他如此付出他该能相信了吧，可情况一点也没变，日子在分手—复合—再分手中度过，但我始终没有放弃过努力。第三次手术后，他又一次提出分手，我也下定决心要离开，我知道再这样下去我这辈子完了。就在这时发生了一件我做梦都没有想过的事，我发现自己得了尖锐湿疣，这是一种复发率很高的性病，我这才知道他去外面胡来过，他说就这么一次，因为喝了酒，心情差，就去了。我蒙了，我以为我可以重新看到一线光明，现在只剩下一片黑暗。我以为这件事后他会好好对我，我又错了，昨天他说他不会娶我，他可以再陪我一段时间，但同时他也告诉我说他想结婚，他陪着我但我不要阻碍他和其他女人交往。

我理解他不相信我有他的理由，我愿意相信他对我说我是他的最爱，我也知道他一直也在努力。可是发生了这么多事之后，我真的不敢相信他就是我要托付终身的人。

我一直坚强着，努力着，就为了我们能有好的结局，为了他有一天能对我说他相信我。可我没能等到这一天，我等来的只是满身的伤痕。我不会再找男朋友了，有过这样的经历让我觉得世界一片灰暗，而且我得了这样的病，我不想传染给别人，去害别人。

我真的很痛苦，很恨他。这些事我没法和朋友说，也不能和父母说，从小到大我都是乖女儿，我不想让他们操心。我独自坚强着，现在我快坚强不下去了。我真的很无助，不知道该怎么去面对今后的人生，您能给我点意见吗？告诉我该怎么做。请告诉我！谢谢你能看完我的信。

小灯泡

小灯泡：

你告诉我，人是不是一种生生世世要受惩罚的物种？为什么同样的蠢事可以一遍又一遍地重复？

一个男人，自己去嫖娼，把性病传染给女朋友，毫无节制地让女友人流，一无是处的人渣，竟然口含天宪，对你拥有了诅咒、惩罚的权力。你好像萨达姆，而他像小布什。仅仅因为没有“见红”！如果你真的有了过失，他怕是要拿出剔骨尖刀，将你大卸八块了——恐怕还要顺便检查一下你的处女膜。

上面的写法过于恐怖。其实，你就是生活在恐怖片当中。

我的意见是：拿块秒表，找条百米跑道——就是刘翔破纪录的那种——尽力跑完，看看自己的百米成绩。

知道成绩了，然后呢？

然后就以这种速度逃离那个把病传染给了你的男人。一辈子再也不要理会这种人了，这种人掉井里了，就往井里扔块石头吧。

他不仅把性病传染给了你，还让你患了另一种更重的病：极度鄙视女性。你不觉得你能坚持到现在，从心底里也认同他对女性的苛求吗？你像一个忠实的女奴一样等他对你好，可是时光不能倒流，你又如何向他展示若干年前的处女膜呢？

看看日历吧，今天是2005年1月12日。在近2000年前，有人把一个行淫的女人带到耶稣面前，问他如何处置，按照法律，要将她用石块砸死。耶稣沉默良久，说，你们当中没有罪的人可以扔第一块石头。众人于是羞愧散尽。耶稣对那个女人说，你也走吧，以后不要再做错事了。

还好那些人当中没有你现在这位男友，不然，他是一定会扔石头的。哪怕自己身染尖锐湿疣，也以为自己是纯情阳光美少年；哪怕自己罪恶缠身，也毫无愧色地当主持正义的审判官。

你什么错事都没做（即使没了处女膜也不是错事），你的这个处女膜护卫战士却砸了你三年石头，你是活在什么时空当中？还要你陪着他，且不妨碍他找其他女人！你不就沦为这种“维护女性道德性病圣人”的泄欲工具了吗？

赶快离开他吧。你觉得你的前途一片灰暗，那是因为你现在正处在灰暗当中。病，治得好的，人生重新收拾一下，也不太难，而你的前途，也可以由你自己重新规划。我能肯定的是，你跟这种男人继续待下去，前途必然是一片灰暗，在灰暗中，还有你熟悉的辱骂。

新年伊始，这个专栏有些晦气，接连两封邮件都是聪明的姑娘（从邮件的文字表述相当清晰可以看出）碰上了瘪三一样的男人，还痴心不改……这难道预示着我们爱情的命运？因为同时我也看到那么多机智的男人，身边的女人何尝不是一懒二馋三无赖?

我们都瞎眼了吗？我们脑子里的小灯泡都断了电吧？小灯泡，你能回答我这个有关小灯泡的疑问吗?

连岳

2005年1月12日

为了满足虚荣心，我们可以牺牲自己的情人

连岳：

新年好！

一直爱看这个专栏，在别人的故事里唏嘘，更爱看你睿智幽默的答疑，让人醍醐灌顶。我不知道你会不会回这封信，因为不管怎样，最后的主意还是得自己拿，但我还是想听听你的意见。

照例每年都随他去他在外地的家过年，可令我不解的是每一次回到他家，他在他父母面前总是一副受尽委屈、苦大仇深的模样，历数在自己家中的“委屈”：多做了家务啦，带了孩子啦等。对我则冷若冰霜。一旦踏上返程的火车，他的态度立即有了截然不同的转变，这种前后不一致的态度令我极为困惑。

他有着不错的学历及专业（国际金融硕士），但目前却在失业状态，而且已经不是第一次失业了。他以前的职业是军医，但他不喜欢，执意要下海经商，于是我家人动用关系帮他转了业，结果经商不成功。之后做过保健品，但与合伙人不

欢而散；又在上海一家外资医疗器械公司做医疗器械销售，但因不堪销售指标的压力及与上司不和而辞职。为了增加职业竞争力去读了现在的这个专业，后来的这份工作是我硬拉着他去参加一个招聘会后应聘上的。这份工作做了两年，终于在2004年年底又失去了，而且是公司提出不与他续约。连岳，我真是觉得好累啊！我想用人单位一定更愿意招用那些对待工作勤勉的员工，而不是自视甚高、目中无人，上司安排加班却与之讨价还价的家伙。

我曾许多次跟他说“态度决定一切”，希望他摆正对工作、对同事的态度，凡事不要斤斤计较，但似乎收效甚微。我对他很失望……

此次回去过年因小事他母亲竟撕破脸皮对我破口开骂，心里对他及他家人仅存的一丝幻想彻底破灭。他的父母认为他之所以在事业上无所建树全都是因为被家务事及孩子拖累。我的失败是不应该在他家人面前说他的不足，虽然本意是想发动大家一起来“挽救”他。而我在他父母眼中则成了一个嫌贫爱富的女人，不是一个好妻子。

困惑的人

困惑的人：

旧历年前，我收到一个女孩的邮件，说她一年在上海工作，没有存下钱，支付不了回家过年所需的费用，又不愿意向父母承认自己的经济窘况，于是想了很多办法向陌生人要钱，都没有得逞。在恭维了我一通以后，留下联系方法，让我尽快汇2000块给她，并且发誓年后将努力工作还我的钱。她当然还是没能得逞。

其实一个人在父母面前说明真相，不会没有面子，但她却宁愿选择成功率为零的方法掩饰自己的现状。这再次证明了关于“春节”的定义是正确的：这是一个虚荣心集体膨胀的法定假期，人们在其间以夸大自己的酒量、收入、成就及前程的方式，试图欺骗自己的亲人与朋友。

你丈夫就是这样以标准动作度过春节的，他的两面性很好理解，一个男人失业在家，是非常没有面子的事情（尤其是上海现在被全世界认为是淘金圣地，竟然失业，情何以堪），承认失业是自己的原因，那是双重的没面子（不过，这么诚实的人一般也不会失业），把失败的原因归结于他人，是为自己挽回面子的捷径。这样，他就呈现出“虎落平阳”的落难才子式的悲剧美，安慰了失落的父母。从你春节的遭遇来看，他的骗术成功了。一踏上返程火车，说明春节结束了，他对你好，那是回到了现实，你养着他，他不对你好，那不是找死吗？

你应该像我一样，在春节期间，宽容一切口若悬河的骗子，相信所有衣锦还乡的假象，不尝试做任何提升人性的努力。所以，你的这次“挽救”行为犯了战略性的错误，大败是情理之中的事情。下次不宜在春节做思想工作，在他的处境改善之前，我甚至建议你不要随他回家过年——你提出来时，他可能会面露不悦之色，但内心一定窃喜。他一个人回家会怎么编排你，你眼不见为净。

虚荣与贪婪，是人类的两大死穴，其中又以虚荣最难根除，为了满足虚荣心，我们可以牺牲自己的情人。一个人的底细，瞒不了自己的情人，而那些人轻信硬撑出的场面，往往是些陌生人，至少是些相知不深的人。而人性的悖论在于，多数人愿意选择在陌生人面前抖一抖，哪怕这要付出让情人受伤的代价（他的父母不是陌生人，但是事情发生的逻辑是相同的）。

人，就是这么贱的一种动物。这不是说我们得去找一个没有虚荣心的人，因为这个世界上没有这种人；而是说，我们在恋爱中，要小心，不要找虚荣心太强的人，他会为你带来一个终生难以战胜的无形情敌。

连岳

2005年2月23日

想普度众生？先度自己

连岳：

对一个女人而言，什么才是真正的幸福？按照大多数朋友的说法，我是个条件非常好的女孩。外貌气质上佳，学习成绩优良（没有去当明星很可惜，呵呵），在同学中人缘也不错。我似乎也在内心里承认了自己是个好女孩。现在我有些飘飘然了，觉得自己应该有个非同寻常的未来，至少也要过上和杨澜、柳传志或张曼玉一样水平的生活。好朋友都说我要过上那样的生活是很容易的。但是只有我知道我对生活的要求远没有她们想得那么简单。我最大的梦想是周游世界，如果有能力我还想创立一个服装品牌。我渴望过上非常富有的生活，买衣服随心所欲，还可以做很多慈善活动。

我有时幻想自己很有钱后就像救世主一样，普度众生，救苦救难。我不知道我的这些梦想光靠我的男友够不够，他虽然有能力但绝非野心勃勃的人，在他心里家庭永远排第一。他更愿意我是个贤内助，把家里的事情打点好，然后做点自己喜欢的事。

然而我并不是他想要的那么乖巧，我想和他一起拼搏。我很质疑他能否让我过上我要的那种生活，毕竟他是个传统保守的人，要在商场上和别人拼杀，胜算不知有几分。我对自己的定位很高，我不想过普通的生活。不知道你是怎么看我这个人的，是不是自视很高啊？呵呵，可能是有点高吧。不论怎样我还是想听听你的想法，毕竟你也算一个跟我生活层面不同的人，你可能有自己的见解，有更多社会阅历，知道现实的残酷性，你的忠言会对我有很大帮助，我相信你不会因为大家都说我幸运你就给我泼冷水吧，开个玩笑啦。

Appear

Appear：

如你所言，我知道现实的残酷性。让我告诉你一个最残酷的现实吧：长得漂亮，又有能力的女人，比比皆是，这并不能一定保证她们有个像杨澜、张曼玉那样的水平的生活（还好，你的未来期望并不算太高）；事实上，许多这样的女人虽然尽了努力，还是过着普通的生活。你将来像一般人一样生活的可能性很高，请做好心理准备，免得到时太失望。我并不是你的男朋友，需要哄着你，我只能从保证《希望》杂志信誉的角度（编者注：原文为杂志专栏文章），说一些大实话，你不仅自视很高，而且多少有些病态了。

主持了几年问答专栏，我知道“忠言”并不能让人心存感激，一般只会招来一封咒骂的邮件。不过，对数十万旁观的读者是大有帮助的，所以，先谢谢你。人生恐怕没有必然性，只有或然性。我承认，长得漂亮，而且成绩优良，起点会比别人好，成功的可能性也比别人高，但是，这不是必然的。

如果你们聪明又有教养，你们不要以此来炫耀；一件小事就足以扰乱甚至毁灭你们引以为荣的所谓智慧；一个意外事件，一次突然而猛烈的情绪波动就会一下子把一个最理智、最聪明的人变成一个语无伦次的白痴。

16世纪，日内瓦的医生马泰说了上面这段话。400多年了，这句话对我们仍然非常有用，对你尤其有用。

从你的邮件，可以看到，你对未来作了那么多的描述，甚至要“普度众生”，阿弥陀佛！我不是说普度众生有什么不好，我只是说，你现实的支点只是男友和同学的一些恭维，却在它上面建立了庞大而迷离的虚幻未来，然后，觉得无法在这么复杂的虚拟未来中选择，像马泰医生说的，显得“语无伦次”。说实话，我也无法在你的未来中做选择，我觉得，都很好，像所有人的白日梦一样好。我们还是回归现实比较好。

现实是什么？现实就是比较无情，上天给你的好起点，有时候不能持久，你现在再漂亮，再过10来年，恐怕也无法跟20来岁的小女生拼。不必在上面着墨太多，那样，除了引起别人的反感——反感你的人只会在心里笑，不会像恭维你的人那样说出来的——并不能给你带来任何助益。

人最重要的，我觉得是把当下的时光过好，是学生，就把书读好，并尽可能多地开发自己的智力与技能；作为女生来说，容颜也很可贵，不要让美丽太快失去，因此，也请保养好身体，作息有规律，把梦放在睡着时做。这些具体可行的事情，是最重要的，至于未来，你能不能普度众生，那让未来去决定吧。

连岳*

* 回信未附时间，原文如此，下同。——编者注

误会是一种存在方式

连岳大哥：

我在学校里是外联部部长，有着很好的人缘。不管男生女生，不管哪个年级都有着我的好朋友。我是个珍惜朋友的人，拥有这一切是多么难得，我心知肚明，格外珍惜。

有一次，我们学校举行了一场音乐会。请来了4所大学的朋友和我们一起组织这场演出，也算是我们和外校的一次联谊活动。这次活动主要由我们外联部负责组织。我是外联部的一个负责人，当然要以身作则。在分配任务时，我被安排接待其中一所大学的乐队，负责他们的一切。

那天，那所大学乐队的朋友们如约而至，我从他们演出到最后送走他们，一直陪在他们身边。我和他们边聊边看演出。在他们演唱的时候我给他们照了很多照片，给了他们很多鼓励。于是在这一天和他们结下了一段友谊，也结下了给我带来灾难的一段情缘。

他们走后，我校众多女孩对这所乐队的主唱

留下了深刻的印象。大学校园里这样的故事并不稀奇。“主唱”是很帅很有活力的男孩，我的好几个好朋友都来问我要那个主唱的手机号码。我的天，我真的没有留下他的手机号，我只有“架子鼓”的手机号，我只得说我没有。没想到这个乐队的主唱竟然对我一见钟情，他以陌生人的身份给我发短信，并且在演出后的第三天突然来到我上课的班级找我。在几次接触中，我爱上了他。我们陷入了爱情的旋涡。

这一切的到来让我失去了很多朋友。她们认为我故意不把手机号告诉她们，让她们失去了机会。苍天有眼，我真的是后来才知道的。连大哥，您能帮我吗？我真的很苦恼。我爱他，不能为了朋友放弃他；他爱我，不能为了我的朋友放弃我。可是，我也爱我的朋友。我是真心对她们的。苦苦苦！

想找到朋友们友谊的小优

小优小妹:

看来，还是“架子鼓”先对你有好感（还是你先对他有了好感？），所以，你才有他的电话。天可怜见，“架子鼓”也有出头天！每次在演唱会，看到那个埋头在鼓堆里的人，绝望地伸出两根棒子乱敲一气，像个忙碌的洗碗工，我都非常同情他，漂亮的FANS妹妹只会去拥抱亲吻主唱哥哥，哪里会理睬在后面发出轰隆隆雷鸣声的“架子鼓”哥哥。想不到，他也能给漂亮妹妹留下手机号码（哦，对不起，我想当然认为你很漂亮，如果与事实不符，引起了你的反感，请原谅）。

可惜这个“架子鼓”不够争气，最后还是输给了“很帅很有活力”的主唱。我是女生的话，我也不相信你这个“部级干部”的鬼话，尤其是我也爱那个主唱，那就更不能信了。能当到“外联部部长”，一般来说，都要长袖善舞，把老师与同学都哄得开开心心，难免有时候就要说一些假话，本来在诚信上就会稍稍吃一些亏。现在你还霸占了一个帅哥，更是用尽太平洋的水，也洗不干净了。

看到这里，你喊了起来：不是不是不是，你对我充满了误解。是，我也承认，上面是误解。人本来就是充满误解的动物，这个社会本来就会充满了误解的资讯，甚至有新派的神学指出，即使对于《圣经》，不同的信徒也有不同的误解。彼此误解是人存在的方式之一，我们又不是机器，我们的思维会有很多模糊地带，不要说别人了，多数时候，连自己都不了解自己，甚至会欺骗、误解自己，把自己从不愿意接受的现实中隐藏起来。

这就是说，如果得了大家都想得到的东西，而又不能或不愿共享——男朋友是绝对不能共享的，我想，你恐怕也没有前卫到为了挽回友情，把男朋友变成“公共汽车”——那么，你就得承受别人的误解，甚至是有意的“曲解”。人有时候还是要有一点担当的。比如，有个美女愿意嫁给我，又带了5000万美元的嫁妆，我一定不会指望别人衷心地祝福我从此不要卖字为生，我会乐于忍受别人嘲笑我“吃软饭”。总不能什么好处都得吧？再说了，当个“外联部部长”，不是为了在激烈的竞争中多占一些稀缺资源，只是为了受累，有什么当头？碰见帅哥不先下手为强，把生米煮成熟饭，却要让给朋友，以后就是真正当了“外交部部长”，可能也只会割地求和。

连岳

初恋往往比想象的还美好

连岳叔叔（或者是哥哥）：

原谅我确实不知道你的年龄啊。我考虑了好久要不要给你写这封信，因为我只有17岁，一件让我心乱的事，就是我的初恋。我一年前有个男朋友，一个班。我们甚至差一点就全垒打了，可是我觉得我们俩都是容易冲动也擅长克制的人。知道太早做不好，确实不好，于是就算很想也没有做。而且后来分手了，莫名其妙的。星座书上说我们俩的星座配一块，容易投入也容易放弃。就这句话让我对那些星座大师们刮目相看了。

我们那时是很秘密的，不像好多学生情侣那样明目张胆地招摇。在其他同学面前我们都不可思议地会害羞，虽然我和他一向都是“活宝”级的人物哦。呵呵，分手后我是六神无主精神恍惚了一阵。以为是他伤害了我，尽管连分手都是我提出的。弄得本来就觉得我不该轻易恋爱的好友更讨厌他。事实上他的沉默也是从死党的“毒骂”开始的。那时正好分班，我们竟然又在一起。我激动，却也很无奈。本来我以为初恋就不该有结果的，过去就过去了。可是每次想到他的好，想到我曾经伤害到这个16岁时遇到的男生，便有漫山遍野的苍凉。

奇怪吧，我只有17岁，却好像沧海桑田了一样，我告诉自己我这是为赋新词强说愁呢，可心痛是那么真实的感觉呀。我们现在的座位很近，而且很有可能高三不会调动位置了。我有时候甚至想到一辈子，尽管以前他和其他男生对自己的女朋友一样叫我“老婆”时我总是拒绝，很认真地拒绝。

常常觉得排山倒海啊排山倒海，有时又觉得曾经的险滩暗礁就让它沉淀成平静的过往吧。

猪联璧合

于阳光很好的下午

猪联璧合：

你邮件的标题是：如果你不介意我17岁……

谁会介意你17岁呢？如果可能，我倒愿意永远17岁。让我倚老卖老一下：我17岁时，日子很苦，主要原因就是不许谈恋爱，老师说，只要脑子里想男女关系，一辈子就没希望了。当时有些威权崇拜，很信老师的。后来才知道，脑子里不会想男女关系，一辈子才是没希望了。

像你现在，如果剔除考大学的压力，不必考虑金钱的问题，没有职场的压力，绝无青春不再的失落，还可以“明目张胆地招摇”地恋爱；还有什么时光比这更快乐的呢？事实证明，17岁是可以恋爱的，像你们在16岁的经历一样，有激情，更有克制，度的把握就是成年人，也没多少个做得到。当然，这样说，可能会被你们的父母扣上败坏良家子弟的帽子；不过，无所谓，因为我认为良家子弟也要恋爱。再说了，恋爱这种东西是人身体内的性荷尔蒙在发生化学反应，再怎么反对，化学反应都会发生，那些成年人应该向你们学习，顺其自然，有所为，有所不为。

17岁的恋爱，你顺应了身体的“自然”，除此外，恐怕还要顺应恋爱规律的“自然”。恋爱不是像身体一样，自然就会成熟，它是需要漫长学习的过程；所以，恋爱规律是，17岁的恋爱绝大多数不会长久，会无端发生，会无疾而终。也许，第一次恋爱的人反而想得特别长久，已经计划好了如何过一辈子，甚至下一辈子，下下辈子，认定自己的恋爱必定胜过轮回；这只是17岁的人才会相信的童话，这个年纪的恋爱都是短暂的，纵使你们以“老公”“老婆”相称，你们还是注定成不了老公老婆，我不是星座专家，也敢铁口一回。只有运气非常非常好的人，从少年到青年再到中年，双方的变化都合对方的意，才有可能真的成为老公老婆吧？我的意思是，你这次恋爱，从产生到结束，纯属正常范畴，不必太在意，更不必去骂人——让你的“死党”别帮倒忙。记住其中的好，一个人最终会了解恋爱的本质，唯一的方法就是记住每次恋爱的好，而忘掉每次恋爱的坏，这样，良性经验才会累积，情商才能提高。

你写邮件来，是想让我发现你有什么缺陷；很遗憾的是，你没有任何问题，你是再正常不过的人了。对你来说，这多少有点失落的，我倒是蛮高兴的，不是我可以偷懒不回答问题，而是因为我看到了一个幸福生活的17岁女生。

连岳

外面看是心理学家，里面看是猪头

连岳：

我不知道和你讲出来是否自己心里就会爽一点。心理学家说要发泄，比如哭或者写日记能让心理得到某种平衡。可是又有心理学家认为所谓写日记实际上是让自己重新回忆一遍创伤过程，是残忍的。

面对满大街青春可人的年轻女孩，我对自己的外貌和年龄都不是很有信心。坦率地说，我已到了恨嫁的年龄，并且属于第二眼美女。可是从小养成的好强个性及高起点的审美眼光让我永远只对那些高大帅气、有品位会享受的男人感兴趣。这么多年，先后碰到过两个这样的男人，在我充满崇拜仰慕的眼光下，他们逐渐走到我身边，走入我的生活，让我在感情的世界里陷落。也可能是我的目光给了他们太多自信，甚至让他们有点自我膨胀，容易得到的总是不太值得珍惜。最后结局是一样的，留给我一个不留恋的背影，还很理直气壮。我的女朋友们对我有点恨铁不成钢，一遍遍告诫我，这种类型的男人不适合我，可是仍不能阻止我两次在同一个地方结结实实地摔倒。

现在我遇到一个男人，和他们完全不是同一个类型。对我非常好，无微不至地照顾与关心，非常在意我的感受与需要。我经常被他感动，可是仍然没有喜欢上他，反而会经常没心肝地想起前面那两个坏男人，想起他们的无情辜负心里便是一阵锐利的疼痛。脑子有两个小人经常在打架，一个理智说：你应该和以前一刀两断，这种类型不适合你，你再想他们只能说明你弱智、猪头，而现在的男人在世俗中会为你带来平静的幸福。你要改变的是自己的观念与审美观。（可是真能改变吗？）另一个感情说：人生不过短短几十年，听从心中的召唤吧，痛也是真实的痛。不要向现实低头，如果你真是欣赏这种类型，那就去寻找这种类型吧。

心理学家又说，人常常会对同一种类型的人一见倾心。即使这种人不适合你、伤害你，可是下一次，你仍然会对这种人来电，真有这种宿命吗？

Maggie

Maggie：

你写完这封邮件好受了一点吗？如果你的答案为“是”，就可以接着看下面的答复，否则，看完以后你的生死与我无关。硬要看的话，请在这里签上你的名字 _____。

你以“心理学家说”开始邮件，还以“心理学家又说”作为邮件的结尾。初一看，我吓了一跳：一个对心理学颇有研究的人要来求教，问题想必是非常有难度的。还好，虚张声势的事实看多了，这个世界上，其实变动不大，有些狂喜、有些哀恸、有些深思、有些品味、有些困局，都是夸张出来的，像斗鸡蓬松的羽毛，迟早会收敛起来的。

所以，你即使携两个“心理学家”助阵，细看两遍，你依旧是猪头呀，如假包换的猪头呀，披着心理学外衣的猪头呀。这些猪头的共同特征就是，它们全是猪头。

猪头例证之一：“可是从小养成的好强个性及高起点的审美眼光让我永远只对那些高大帅气、有品位会享受的男人感兴趣。”我从小没有培养，天生就对美女感兴趣，依此类推，高大帅气、有品位会享受的男人——如果有这样的男人的话——哪个女人要经过培养才能欣赏？你把本能与审美眼光混为一谈，这说明你也许没有太好的总结能力。所以，造成了——

猪头例证之二：“心理学家又说，人常常会对同一种类型的人一见倾心。即使这种人不适合你、伤害你，可是下一次，你仍然会对这种人来电，真有这种宿命吗？”你误读了你引用的心理学家，你所说的那类男人，所有女人都忍不住一见倾心的，不管她的生存状况如何，好比师奶一见到裴勇俊，一定是要着迷的，哪怕她知道，嫁给他的机会，绝对等于零。优秀男人只能由优秀女人来搭配，一个女人不够优秀，当然就只能看着这样的男人离去，就像你自己说出自己的——

猪头例证之三：“这么多年，先后碰到过两个这样的男人，在我充满崇拜仰慕的眼光下，他们逐渐走到我身边，走入我的生活，让我在感情的世界里陷落。”再没有什么比用“崇拜仰慕”来恋爱更糟糕了，你以为他们“陷落”了，其实，他们可能只是享受了一顿豆腐大餐之后——或者客观一点——知道了你是一个无法平等对话的女人之后，离开了。

请承认，你现在只是一个平庸女人，在你变得更加出色之前，在你依旧是猪头之时，请珍惜现在那个男人吧。

连岳

相爱的人一定会亲吻

连岳：

你好！

我是一名高二的学生，我遇到了感情问题，或许我这个年龄根本没有资格谈感情两个字。我长得还算可以，追求者也有不少，从上高中算起就有9个了。但我都一一拒绝了，因为我觉得在我的心里一直有那么一个人，虽然我不知道他是谁，只是全凭想象。

直到半年前，又一个男孩追求我，他小我4个月，但对我很好，我抱着好奇的心态把我的初恋给了他，可我自己深知我并不喜欢他。我们在一起4个月，在这段日子里他对我很好，但这种好不是我想要的，我是个保守的人，而他却把接吻当作每天必修的功课。我的同学说这很正常，可是这么地频繁，让我感到不安和恐慌，我怕发生不好的事，因为我有的同学就已经失身了，我不要做这种轻浮的女孩，我和他分手了。

我之所以下决心和他分手，是因为我觉得他

和我在一起只是为了吃豆腐，并不是百分百地喜欢我。可分手的时候他却哭了，之后他一直还在追我，我不想和他在一起，不想再一次骗他，可又不忍心伤他，我想和他成为朋友，我应该怎么做？我想过用写信的办法，可每次和他写信，他写过来的总是“情书”，我真的没办法了。

青青青

青青青:

真想重新回去读高中呀。现在好像高考不限制年龄了，我能不能假借要复习高考，在某个高中混个一年半载，吃吃豆腐？——不，我原本是想说，吃吃苦，长长知识。

还好，你的问题比起“失身”“意外受孕”“用情不专”这些相对棘手的困惑，轻松容易得多。既然他每次回信都写你不想看的“情书”，那么，就不写信给他吧，不让他有回信的机会；既然你当普通朋友的愿望实现不了，就不当朋友吧——这是最好的选择。你现在就有了9个追求者(加油，凑满10个，对不起，我又乱说话了)，以后想必会有更多，那么，有一个常识现在就应该知道：“爱情不成就当朋友”，这只是在爱情乌托邦里才存在的事情。爱情不成就尽量少联系，尤其是另一个人还在苦苦爱你的时候，你这么做，会让他以为你还在给他机会。

接下来说点别的事情。你在邮件里面说到你是一个“保守的人”，那可以想象一下校园里“开放的人”过的是如何开心的日子。时光倒流二十年，在我读高中的年代，如果一个女生已经被9个人追求（被人追显然不是过错，不过，一些奇怪的逻辑还是认为在这种情形当中，女生也是有错的，长得丑没人追不就天下太平了吗？希望这样的太平世界永远不要降临吧）——最重要的是还和一个男生日日亲吻——那么这样的女生恐怕会被处分、开除甚至被送去少管所。事实上，我们那个时候没有出过这样的女生，因为太过惊世骇俗，超出了大家的想象力；偶尔和女生说句话，就像过节一样了，心里就觉得自己另类、“堕落”得不行了。

我的意思当然不是说过去的时代有多么的好，你应该和我一起读高中，而是现在的高中生活才算是正常的青春岁月。还有一层意思是，你再过二十年，倒回去想自己的高中生活，会发现，你误解并且错过了许多有趣的事情，比如把他亲吻你当成“吃豆腐”，潜意识里把“亲吻”当成轻浮的行为，并认为它最终将导致“失身”。

你不喜欢他，果断和他分手，我认为，这是个不错的行动。但与此同时，不能把爱你的他亲吻你理解为“吃豆腐”，他若爱你，就一定会想吻你，而且吻多少都不够，若不是考虑到美观，他恐怕会希望自己长出二十多张嘴吻你。

相爱的人一定会亲吻。这条恋爱定律可以贯穿你一生。

顺便说一声，你有的同学因为恋爱“失身”了，从中国传统的观念来看，太早了，如果他们还未满18岁，那就更让人为难了。不过，即使这样，也不要认为他们是轻浮的人。要再三提醒的是，在恋爱当中，万一热情控制不住，一定要用安全套。身边没有安全套，就得控制住。

连岳

不必刻意反对

连岳：

我只是一个普普通通的高三学生。也许我和别人稍微有些不同的地方就是思想有点颓废阴暗，当然这是我的几个好友给我的评价，我自己并不这么认为。

我说，18岁之前有两件事情要做：交男朋友和告别处女。同学听到这话都是一副被吓到的样子，这样的想法真的很大胆吗？

我至今没有交过男朋友，虽然很想。但是有喜欢的人，是个女生。我曾经发过一封email给她，告诉她我喜欢她，不过用的是没人知道的邮箱，有点匿名信的意思。她知道是我写的（我一直很好奇她是怎么知道的），却装作不知道，或者只是她从来不放在心上。高二下半学期我们混得很熟，暑假里我还一直和她发短消息。在一个我们都上的论坛，我跟她把话挑明了，还说以后遇到也当作没看见吧。高三分班之后我和她在不同的班级，偶尔遇到她还是会跟我打招呼，而我总是假装没看见，故意不理她。

我不能完全保证说我一定是真的喜欢她，我根本连喜欢是什么都搞不清楚。也许只是想有个人可以让我寄托感情。但是至少目前我认为我是喜欢她的。只要她在，我的目光一定是落到她身上的；我有近视，但在很远很暗的地方，我只要瞥上一眼就能认出她来；她说不喜欢女生头发看上去油油的，我剪短了头发，更加频繁地洗头；我每天上学算好她的出门时间，为的是能在路上遇到她；我知道她讨厌猫，喜欢阳光，喜欢红色和绿色，喜欢打篮球，最喜欢的漫画是《犬夜叉》，最喜欢的声优是石田彰，大学想考二医大，理想是当外科医生；她总是迷迷糊糊没睡醒的样子，下课通常是趴在桌子上睡觉，于是我留意她喝咖啡的口味，买了一罐偷偷放在她的课桌里；在日历上打了很多重点符号，可能仅仅是因为跟她说了话……我也不清楚，这样究竟算不算是爱情。

但我不是处女了。对方是手机交友认识的，说好出来见面，然后去了他家，就做了。说白了，就是玩一夜情。我并不是道德观很强的人，或者说我基本上没什么道德观。我对是不是处女这种事情一点都不在乎，只是想在18岁之前不是。本来我是想应该把初吻和初次给初恋男友的，出于我一贯的完美主义。但是，直到现在都没出现这么一个人。时日无多，速战速决。

每个人都有不同的价值观，我认为是对的你却未必，你欣赏的我也未必喜欢。各自做自己认为应该做的事，如此而已。

暧昧不清

暧昧不清：

我说没有让你的信吓一跳，那是假话。一个18岁高三女生面临了多少敏感的话题：女同性恋、一夜情、处女情结（不是发誓坚守处女膜的情结，而是告别处女膜的情结）。更重要的是，你觉得按照自己的选择去做，挺好，没什么大不了的，别人也不要说三道四。别人除了被你吓得乱掉方寸，最好的选择就是闭嘴。

被人吓一跳，对我来说，是很好的事情。不时被18岁的人吓一跳，被81岁的人吓一跳，被各色人等吓一跳，是不错的经验，这也说明这个世界日趋丰富，许多人生活在我们知道的模式之外。如果所有的人都与我们的假想相同，永远不可能出乎意料，那么，生存着也没多大意思。

谢谢你提供了惊吓，给我并给所有的读者。你说得很对，每个人都有不同的价值观，每个人都可以做自己认为对的事情。事实上，只有不同的价值观碰在一起，各自才能认清自己价值观中最独特的组成部分。没有不同的价值观，就意味着唯一的价值观经不起推敲。这是你的“惊吓”显得可贵的原因。

好了，不说这些形而上的东西。我并不想对你的行为做判断，其实没人能做判断，除了你自己。我觉得要提醒你的是，当我们在18岁的时候，可能对一些成规不屑一顾，所以容易与它对立，在心里有了“非要对着干”的念头。大家都在“处女膜最珍贵”的迷信里患得患失，我就偏偏要破了它。这样反而陷入另一个误区，为破而破，为反对而反对，其实也是教条。

比如觉得处女膜并不值得广大群众膜拜，也大可不必在错误的时间、错误的地点和一个错误的男人，错误地把它破除。我没有指责你的意思，只是想说，特地触怒一些你觉得很傻的价值观，其实抬举了它们，与一个自己相爱的人自然而然地告别处女身份，会舒服得多。这个原则也可举一反三至其他行为，顺势反对即可，不必造势反抗，那样形式感太强，太像一个18岁的孩子了。

连岳

爱自己，就不死

连岳：

不知道为什么，对一切的事物都不感兴趣。有时候和同学聊天，看着她们谈起自己的爱好时那激情洋溢的脸，我就会羡慕非常。为什么我就不可以对某一事物狂热呢？不是说我没有爱好(爱好还不算少呢)，只是我觉得无所谓，也许就算有一天被剥夺了接触那些喜好的权利，恐怕我也不会难过！

我认为一个人做什么是需要理由的。可是，我好像没有。读书是因为和我同龄的都这么做，父母也这样要求，而我的成绩又允许我继续读下去，所以，我读书。然而，事实上，我并不知道读书的意义是什么，读书只是就业的敲门砖，不是吗？每次我都是期末考试前复习一下，每次又都成绩不错。然而，我相信我并不能充分利用这些知识，我不过是混学分罢了。归根结底，是我没有找到令我读书的理由吧（我想也许是这个原因）。

我一直希望自己可以在我预设的时间死去，

也许同样是没有找到活着的理由吧。但是，之所以不是立刻终结我的生命，许是因为不甘心，好像从我记事起，就没有发自本心地做过一件事。但是，似乎继续以我现在的状态生活，怕是到了既定的时候也还是违心地活着吧。曾经跟我的母亲谈过这种想法，好像把她吓坏了。（我是不是很残忍呢？）现在，她可能忘了吧。而我却一点也不曾改变我的想法。以前，一个朋友对我说："如果一个人的理想永远只能称之为理想，那么，他应该感到耻辱。"我兴许把这个想法当成了人生的最终目标了。有一回，我问妈妈："你为什么不问一问我，就把我生下来呢？"生既然不由我，那么死总应该让我自己掌握！

乱七八糟的一堆，随便看看好了。谢谢你！（生活中都没人可以说的。）谢谢！

sailing

sailing：

死这种东西，从来都很敏感，据社会学家观察，一位公众人物自杀以后，往往会引发自杀潮。我劝你在这段时间，心情无论如何低落，还是想想别的事情为妙。死生事大，尤其是死，想不清楚贸然做了，就没有后悔的机会了。年轻的时候，不仅时时会厌恶这个世界，还会厌恶自己，还好，这种情绪一般会很快地过去，当它从心头冒出来之时，不如就去睡一觉。

睡不着怎么办？那就想想如何才能爱自己。许多中老年人让人生厌，是爱自己爱得过分，以为世界失去自己就不行了；而年轻人却还没有开始爱上自己，有时候轻易放弃了自己，即使没有放弃自己的生命，有时候也会丢掉自己的生气。

20世纪40年代末，著名的拉比（rabbi，有教师之意）约书亚·罗斯·李普曼（Joshua Loth Liebman）出版了《心灵之平静》，这本书总共卖出了几百万册；它现在也许还存放在许多人的书房里，纸页已经发黄。这种平易的小书，总是容易被人轻视的，尤其是当下心灵鸡汤类的出版物已经成为强势品种，提及它的人恐怕不会很多了。

这本书的观点让我喜欢：你可以逃离自己的罪错，只要你直面自己内心的冲突，认识你自己的欲望，而且，爱自己！心灵的平静不是多么难做到的事情。“爱自己”成为最重要的前提。李普曼说，“要像爱自己一样爱自己的邻居”，这条诫令就暗示了人应当爱自己，否则这句话就难以理解了。

不爱自己，能让人做出恐怖的事情，在李普曼之前近半个世纪的法国社会学家涂尔干（Durkheim）认为有一种自杀是源于完全的利他，根本无视自己的存在价值，或者说，认为自己所属群体的价值高于自己的一切。无所畏惧的自杀炸弹客就是最好的例证。

不爱自己，当自杀炸弹客都可以，自杀就更是小菜一碟了。

当然了，未必要去找李普曼的书或钻研涂尔干的学问才能解决心灵问题，那样人生也会闷得想死。这样痛苦的事情我来替你完成了，我来读书，你只要记住他们的观点就可以了：要爱自己，才能爱他人，爱世界。

爱自己，包括爱自己的缺点，爱自己的无所事事，爱自己还没有找到方向。在年轻的时候，有大把本钱用来迷惑，有大把时间用来浪费——过几年去回想，这正是青春的乐趣之一，不必轻易就想到死。

连岳

男人们生活在一个输不起的世界里

连岳：

恋爱时，我们是同事，当时我刚结束了一段感情，他长我几岁，我觉得他为人处事老练，对我体贴，尤其重要的是，他当时的收入比较可观，总之，我觉得和他在一起很有安全感，所以尽管认识才几个月，我们就确立了恋爱关系，恋爱不到一年，我们就结婚了。当时的我，可能真的有点疯狂，听不进亲友的劝阻，他的家庭背景、他的个人形象（他的身高在1.65米左右）等，我都不在乎了，我只是认为，他是个能力挺强的、对我又很体贴的男子，我们的将来可以通过我们的努力创造。

但是，现在的我可不再这么认为了。也许是因为，我变了，环境变了，而他仍然是他，没有变，实际的他又并非我当初所想象的。

这十年来，总体来说，他的工作都不是很稳定，他曾经和同学合伙做酒生意，虽然我和家人极力反对，但是他义无反顾地投进去了，经营了几个月，发现市场并非如他们预料的，半途而废，结果十几万元的投资颗粒无收；前几年做股票，又把我们所存的一些积蓄几乎全部赔光。如今的他，只是一家销售公司的行政人员，月收入也只有中等水平。

我通过自己的努力，考取了律师资格，成为一名律师，虽然目前我也称不上成功，但是，无论是社会地位还是经济收入，我都要高他一筹。

客观地讲，我们现在也并不缺钱，我们有自己的商品房和私车，女儿读小学，活泼可爱，可是，他的心里是不甘心在家做绿叶的，还是经常地要出去应酬之类，对女儿和家务事的关心不多，我虽然从心里也希望他能够比我在事业上更有成就，但是，看到他折腾了这么多年，也没有什么名堂，更加令我失望的是，发现现在的他无论在为人处事的能力上还是个人的知识层次上，都很落伍，我几乎对他不再抱什么希望了。

去年我曾经和他提过一次离婚，当时他的情绪非常激动，让我感觉他可能会走绝路，因此，也就不了了之了。

作为一名律师，也处理过一些离婚案，从婚姻法的角度讲，我们目前的处境并不构成法律上的“夫妻感情确已破裂”的标准，他的所作所为也没有到达伤害我的地步，但是，我觉得我们的婚姻已经到了悬崖的边缘，我对他已经没有感觉了。

今年是我的本命年，青春已经离我渐渐远去，不过，在同事们和朋友们的眼里，我还算有点魅力，所以，我有时真的不太甘心，下半辈子就守着这样庸庸碌碌的一个老公。

最近，我又和他谈过，他的态度还是很明朗，不愿意离婚，不愿意失去我和女儿。我并不想伤他的心，但是我又非常渴望能够有更加精彩的新生活，我该怎么办？

一个急需心理医生的人

一个急需心理医生的人：

看完你的邮件，不知为何，兔死狐悲的凉意，从脚底生起。同样是男人，我知道，男人们生活在一个输不起的世界里。

你丈夫，严格意义上看，还不算是个失败者。你们现在有房有车，他也中等收入，这说明他的几次投资失败并没有伤了你们的元气。没有人想生意破产，有时候确实需要一点财运，别的我不敢说，股票这四五年跌得水银泻地一般，券商都搞到破产，你丈夫的亏本也情有可原吧？

而你现在地位、能力、收入、未来似乎都比他强，再加上起了轻视他的心，我劝你不要离开他就显得伪善。无论我说什么，这桩婚姻的命可能都不长了。失败的男人多得是，毕竟这个世界上没有几个成功男人；可是失败却没有失去尊严的男人不在少数——如果他是这样一个人，可能对你居高临下的态度忍受不了多久，会主动离开你；而如果他连尊严也一并输掉了，你对他的鄙视程度只会日益增加，直到见了就恶心的地步，那时候你再和他待在同一个空间，生理上都会有反应——显然这里不是指快乐的反应。这两种情境，他的判决书上都写着一个“死”字。

我想起李安在《卧虎藏龙》大获成功以后，接受蔡康永的谈话节目《真情指数》访问，被问起之前在美国的沉寂期做了些什么，李安说，就在家里闲，发着呆，看看剧本，用老婆的薪水，如此过了几年。李安的老婆当时若是觉得这个老男人真是穷途末路了，跟他分手了事，也许，就没有这几年的武侠片热潮了。可是，李安的老婆也不是巫婆，能在水晶球里看到李安的以后的荣耀。那只能说，这个女人觉得李安这样在家待着，也是她爱的男人；即使他在所有人眼里，是个过气的男人，也仍然是自己深爱的男人。

我们有没有准备爱一个失败者？我们的爱情能不能允许对方不成功？

好像没有。我们爱一个人，是看重他的容貌、地位、收入、良好的发展空间……我们爱一个人，是着迷于他的才华、乐观、幽默感、无所畏惧的勇气……我们看那些正面的要素，这全然正常，只有这样产生的爱情，才是合乎逻辑的。

可是，一个人，一个多么努力的人，都有可能在命运的重击下，失去他曾经的迷人之处，他丑了，病了，自我否认，在虚无的深渊中下沉，放弃了挣扎……他褪去了当初让你爱上的釉彩之美，露出了灰暗的底色。这时候还能不能爱他？按照"庸俗爱情进化论"的角度来看，不必爱了，爱情就是爱强者、爱成功者，爱情的每一个毛孔，都流淌着势利。这样，可以无条件去寻找另一个成功者。

不过，当我们所爱的那个人绝望之时，我们却充满无力感，像看着孩子溺水但无法伸以援手，像梦中被恶鬼追赶但不能迈开步子逃离，为另一个人心碎、恐惧、痛苦。也许，这才是我们梦想的爱？只有这样，才说明我们是真正地爱过这个人？

这是一个可怕的、不能失败的世界，可怕得连紫丁香都残忍。在去爱之前，做好这种准备吧。

连岳

2005年5月11日

恋爱和做贼一样，要有技艺，要有勇气，要提心吊胆，要不怕丢脸，要生活在不安全当中

连岳：

你好。

最近几期专栏都是女生的感情问题，男生同样也有，尤其是年轻的男生。我是一所外地大学的大一学生，最近喜欢上了一个女孩。我们都是第一年进入这个学校，不同的是我是学生，而她是我的辅导员。有次我有急事向她请假，并在之后有了一些面对面的接触和交流。渐渐地，心里乱了，无法拒绝她死死地看着我时那无限柔情的眼神，尽管此前我从未动情，还拒绝过很多女孩的追求。看得出她对我很好，很照顾，当然还有很多超越师生的暧昧。有次谈话她竟说起我的一些心事，这让我有些吃惊、感动和温暖。正是从那时我喜欢上她了，毕竟找个温柔、细心、聪明得恰到好处的女人并不容易。从她身上我亦得到很多力量，一改之前的消沉、对周围的漠不关心。

一个精力旺盛的年轻人，自然有很多欲望。有些奇怪的是我只是想要抱抱她娇小的身体，把

她拥在怀里，抱得久一点，而非抱她上床，似乎这样更能得到幸福和安慰。莫非这是真的喜欢一个人的集中表现？尽管有时看到她那微露的雪白的胸脯，会有晕乎乎的感觉。

但是我却苦于表白，或许是缺少勇气，或许是考虑得太多了。很多事情草率决定后操作起来往往会变得捉襟见肘，不堪一击。

她有二十四岁，年轻、可爱，又不失几分成熟。而我二十，像多数中国大学生一样年轻得几乎一无所有，担心不能给她确定的、足够的幸福。等我过几年毕业以后，她也失去了女人一生最大的资本，谁来为她买单？这有些残忍。我是那种跟女孩恋爱后会联想到结婚携手过一辈子的人，不会想及时享乐，过把瘾就死。可这又如何？还有这里学校自由的气氛比较稀薄，大家未必能承受起可能的巨大的压力。而且她是坐办公室的，这对她以后的发展会带来一定的影响等。当然这都是假想在她接受我表白的前提下，呵呵。此外她可能是有男朋友的。

就这样放弃了，似乎心有不甘，难道要等到多年以后再去后悔，感慨那青涩的青春？满篇的多个“可能”也反映了内心的不确定和矛盾，但总要作出一种选择，似乎无论怎样，只要还未毕业，就可能纠缠不清。

无休止的纠缠和折磨之下，喜欢得太辛苦。决心要放弃了，想象着，骗自己从未发生什么，恢复之前的轻松自如。放手之前，还望达人指点一二。我知道你是有办法的。

青鱼

青鱼:

在我们讨论之前，请再次确认“微露雪白的胸脯”的女辅导员，看你的眼神是“死死地”，具有“无限的柔情”。若能肯定，那就恭喜你，辅导员人人碰得到，遇上这样的，可能概率不会高过火星撞地球，当然，也可能并不罕见，我离开校园太久了，也许里面现在成为世外桃源，我却不知道。我要回去读书，我要读书!

这样的事无论多少，总是让人开心的好消息。当然了，如果是思春期的单相思就尴尬了，我们在刚刚成熟的年纪里，不仅会觉得班上的漂亮女同学暗恋自己，甚至觉得那些标致的女老师也特别关照自己。这种心路历程普遍存在，所以有不少日本卡通是以师生恋为主题的——往往也是女老师爱上了男学生。

你20，她24，不恋爱，岂不是暴殄天物？你说表白是个大难题，这有什么难的？下次她这样“死死地”“无限柔情”地看着你的时候，尤其是又说了一些心事，两个人情绪略略有些感伤，你就顺势轻轻抱住她，她若接受（有些“接受”也意味着可能会有一些极其轻微的挣扎），你再稍稍加一点点力抱住她，若你比她高，就让她的脸靠在你的胸前，再亲亲她的额头，说：我爱你……（这时候千万不要说：明天的考试我好紧张！）相爱的男女不都是这样表白的吗？或者，至少要经历这个阶段。

她要是拒绝——体现为坚定而严肃地把你的手推开，就显示你的表白失败了（或者暂时失败了），怎么办呢？没关系，天没有塌下来，大不了说：我第一次离开家，有点想妈妈了……（这时候千万不要说：我该死，起了把你抱上床的念头……）

对一个女性表达爱意，她只要不是极度讨厌你（这位辅导员肯定不属于此种情形），即使不接受，心里也不会讨厌的。男性的求爱，对女性来说，就像食人族矛尖挂着的头颅，越多越好。

你说的有一部分对，恋爱当然要想着将来，我们每一次恋爱都是以长相厮守作为前提的，但是也不要想得太多，恋爱总是有一点点盲目的，不仅20岁这样，40岁、80岁都这样，想得太多只有两个后果，一是绝谈不成恋爱，二是脑子会搞坏。恋爱是一种“激情游戏”，它要有冲动，在这种基础上，再开始对未来的考量。恋爱和做贼一样，要有技艺，要有勇气，要提心吊胆，要不怕丢脸，要生活在不安全当中。

鲁迅先生曾说一些人有邪恶的想象力，看到妇人的膀子就想到私生子；而许多人在恋爱当中，也有无来由的“压迫想象力”，还没和一个姑娘表白，已经想到了若干年后凄凉的分手——你可能就是其中的一员——你20岁，行事却像200岁，迟缓而缺少胆量，是不是现在的年轻人都这样？乏力得很，所以，不得不给他们配备了“微露雪白的胸脯”的女辅导员？

连岳

2005年5月25日

坐台坐不进巴黎第九大学

连岳：

今天烦闷，欲念翻腾，不能平复。

要好的女孩子，决定去坐台。她告诉我，同样的资质，同样的学历，有正当工作，心有不甘，希望跳一格，甚至跳几格的女孩子很多。但是想进入的圈子，无法触及。CLUB是那些男人出没相对密集的地方。平时，他们很难集中出现，出现了，也不会在你我的视线范围之内。这是条不太好，但是很快的路。可以迅速找到一个垫背，一步一步往上走。

我不赞同她，虽然理论一大堆，但发觉自己都说服不了自己。我想我的不赞同，很大一部分，并非真的否定和坚持。内心甚至觉得这是条不错的途径，可是自己没有胆量去尝试，放不下脸面和安稳，所以才排斥，才反对——因为自己做不了，潜意识里不希望别人因此成功。

连岳，用功的、天分不错的、还算漂亮的、22岁的女孩子车载斗量。最近总是考虑自己的将来，想到10年，甚至20年后。希望先锻炼两年，从贸易跳一步，转到奢侈品展览，然后到巴黎九大学奢侈品管理。从32岁之后，慢慢将积累的财富以其他的形式增值和沉淀。不是找个男人做太太一劳永逸，而是想找个垫背，上一步；然后再找一个，上一步；擦掉一路走来的痕迹，继续往上走，直到自己的资本充足，可以理直气壮地停留在一个人身边的时候，再停下来。

连岳，这期间需要很多努力，法语业已学得相当好，英语甚至更好，工作也颇顺利，乐器绘画文艺体育，都不错。未来的安稳是可见的，只是内心总是欲念翻腾，想要堂皇而文雅的圈子、优裕的生活、从容的工作、丰富的经历。感觉自己缺少这个年龄段女孩子的单纯，想法太多，欲望太多。

家里会常常劝导，安稳太平，老老实实。可是总是觉得，想成为50%的人，就不要向另外50%的人征求意见，因为征求来的意见，永远指导你成为与你想象中截然不同的50%。

我在担心，自己积累到28岁，把积蓄全用完，方才够留学的学费，等到一圈转下来回来，仍然从零开始，那时候已经超过30岁了啊，哪有那么多时间等得起耗得起，况且计划如何跟得上变化。

我也想过，是不是可以有一个垫背，甚至交

换身体，得到我要的东西。或许对于有些人，这是轻易可以给的。

但是我不知道怎样去争取。立志要早，无论立志如何，要早。这似乎真的是条路。连岳，我不是不愿意走，只是矛盾，放不下自己内心的一些东西，比如脸面，比如清高，比如现世安稳岁月静好。

连岳，无论什么，说几句吧。

女孩

女孩：

说什么呢？我又没多少钱，不然送你50万，让你到法国读书，省得我们都面临艰难的选择。那先送你一个理解吧，有钱且蠢的男人，不拿来当小姑娘的“垫背”，也挺浪费的。你若真的能在CLUB里捞到一个，往死里榨，手下不要留情。

但是，先看完下面我要说的话，不急着马上就去CLUB，不然，等你下半夜回来后继续看，可能我的建议就没有用了。

接着，让我试试看完善你的计划。

安稳正常的成功人生，就像生意由小做到大，开始是小投资、小错误，慢慢累积，直到豁然开朗的大境界，中间可以犯错误，比如，大学考试不及格可以补考，被法国领事馆拒签可以再签，工作不合适可以辞掉，男朋友没出息可以休掉，钱掉了可以捡回来——应该是可以挣回来，到了你能力超群之时，也有了随心所欲不逾矩的手段，一切搭配得刚好。若不能非常成功，只能过“安稳太平”的日子，除了自己，没有谁会把你当失败者看待——毕竟百分之九十的人都是这么过的。

而你的十年规划里第一章之“CLUB钓金龟”，你是一次性全部投入，等着以后若干年内的期权，换句话说，有点像倾其所有炒楼花。钓来的金龟，不可能像我一样，用电子邮件沟通，话题也围绕人生愿景之类的形而上；我没理解错的话，你们多半是要在床上谈的。

就算这在你的预想之中，你有勇气试错试到那个肯出大钱的人。你有条件，他当然也会有条件，去巴黎读书可以，先在国内陪他五年，或者先帮他生个儿子。这两个要求都不过分，而且提出的可能性高达百分之九十。五年后你年老色衰了，他却反悔了，或破产了，你的冤屈是没人理会的。你若要重操旧业回到CLUB，纵使里面所有的男人都知道“那个想去巴黎读书的上进卖身女青年”回来了，他们还是会找刚刚立志献身的新人——对男人，你可能比我更了解他们的心思。

国手级的棋手，顶多也就能算到二三十步，他们可能都算不清你的成功概率。你的计划长达十年，环环相扣，包括高难度的删除历史纪录——“擦掉一路走来的痕迹”，如此繁杂精密的系统，其中只要有任何一个微小的环节失误，整个系统就会崩溃。我们在揣摩自己的未来时，要首先记住这个常识，它适用于任何职业，无论是坐台还是坐班，不要尝试实现太过繁杂精密的计划，那样成功的可能性很低。

我不排除你最终坐在巴黎第九大学上课的可能性，因为言情小说很多都这么写，好莱坞的电影也这么拍，乌鸦都会变成凤凰。回到现实中，可能性就剩下千分之一了，不比任何按常理出牌的成功概率来得高。坐台绝不是读大学预科班，如果是的话，我早去坐了，因为我也蛮想读巴黎高师的哲学系。

连岳

2005年4月20日

让无力者悲观，让悲观者死亡

连岳：

你好。

我心中总有个结，我以为自己可以解决，可我努力了很多次，还是办不到。你一定要耐着性子看完，我需要你的帮助。

我的故事在别人的眼中也许很无聊，没有什么感情经历的我，却好难让自己走出对他的感情圈。我和他认识有11年了。我脑中的想法就是一心一意地要嫁给他，好像这个世界上我也只能嫁给他这一个男人一样。在他的脑中我是理所当然属于他的，所以在他有一次来看我的时候，我把自己交给了他。在这之前我曾经和一个男生处得很好，但是算不上是恋爱吧。但是以前我告诉他那个男生是我男朋友。可是我却没有流血，也因为如此他有了借口和我说分手，说了很多残忍的话，一次一次地伤害我。可我还是放不了。

我确实是第一次，我的内心对他始终是坦然的，但却有种有苦说不出的感觉。而且我想我现在就更只能嫁给他一个人，所以我把其他人拒之门外，因为我不想对将来的那个人有很深的负罪感，对将来的那个人内疚。在后来的日子我们又发生了一次。虽然他不断地做出伤害我的事情，可我还得忍受，受的苦只有我自己知道。

每当我决定要离开的时候，他就会撩拨我，安慰我。也总会找些借口为他在外面做的事情有些解释，他知道只要他回来找我，我是不会放弃他的。在和我联系的同时，他和另外四五个女人都保持着暧昧的关系。他现在找了一个名正言顺的女朋友。为了和他在一起，我还是妥协了。我没有办法，我真的没有选择了。前几天我们又发生了。这次却流了血，他说我们之间是不是个笑话，做过两次都没有，竟然第三次却出了很多血，而他当时却说是不是例假来了。我对他真的无话可说了。也许他还会怀疑我是不是做处女膜修补手术。

我真的很寒心，认识11年，却只剩下今天这样一个下场，可能只是从开始就只有我一个人抱着这段感情。也可能是我对11年太自信了，只是我不愿意去承认11年只是个数字而已，所以一直这样欺骗着我自己。后来因为一件小事吵了起来，吵得很凶。最后他还是只留下我一个人在宾馆哭，我这样做到底还值不值得？我这样的妥协又给我带来了什么？和这样一个自私的人在一起我会快乐吗？在回来的车上，他发来消息问了几句，真心的关心也好，虚伪的问候也罢，我当时想让自己解脱吧。可回来的这些日子我还是放不下他，太想和他在一起，以至已经忽略了我自己。我爱他，爱到我可以连自己都不要了。您一定要耐着性子帮我看完。我真的不知道该怎么办了。

连岳，请一定要给我回音。请告诉我。

静初

静初:

我原来供职过的《南方周末》有句著名的话语:“让无力者有力,让悲观者前行”,前段时间,有人邮来了她对这个专栏的观感:“让无力者悲观,让悲观者死亡”。我真有那么冷血吗?

我只有一个信条,只说我自己相信的话,或者是诚实一点的话,我始终觉得,爱情和革命一样,是需要勇气的,能直面惨淡的现实,能正视淋漓的鲜血,它是有力者的乐园——如果你是无力者,爱情就会让你变成有力者,然后再给你乐园。爱情是复乐园,爱情不是失乐园。

一段爱情会悲观,一段爱情会死亡。这没有什么大不了的,只要你继续活着,照常起居,不自虐,保养身体,不丢掉幽默感——即使是黑色的——对着你头顶无限大的宇宙说一声,这实在是微尘般生命里微尘般的小事,让它过去吧。说不定,在失恋的回程地下铁,你就找到了新的恋人。

自觉完美的爱情,我们不会在此讨论,即使有这样的邮件,我也不会让它见光——你像是地产大亨任志强,来恶心我们这些穷人吗?自觉糟到极点的爱情,大概也死心了,不会来邮件的。多数邮件里呈现的事情,是还有一点点力气的悲观,是尚未死亡的绝望。总有一丝丝“爱”的影子让他们继续现状——就像我们的生活一样,多么无味,也总有理由劝阻自己改变。这不是爱,这只是爱的羊头,卖给你的是让你反胃的狗肉。这种爱情的最好结局，就是让它结束。

所以，让无力者悲观，让悲观者死亡，也许正是解决办法。死亡的只会是假象，只会是爱情寄生虫，它们死了，一个真的人才能存活。

事情不够败坏，还有生命迹象，能做的，就是让它坏得快一些，最好在这2000字的文章里彻底坏掉，这样，你才会放弃……

你学会舍，你才能得。南无阿弥陀佛。

说了一堆原则，静初，希望你听懂了我的意思，接下来，我要说，恭喜你，你遇见一个无趣到了极点的男人，你接下来碰见的男人，比他出色的概率高得惊人，你需要做的，只是一种“无力”，一个“死亡”，对处女情结的无力感——有不少人可能到了世界末日也把初夜权当成爱情的核心价值，与其鸡同鸭讲，不如“无力”一把，与他们泾渭分明好了，这个世上，多数男子是没有处女情结的，你得相信这点；还有，你得让这个男人在你的生命中“死亡”，当他入土了，被蛆吃了，当他被推进炉子里，烧成灰了；即使面对面碰见，也当他不存在，多跟他一天，你就多一份耻辱，多一份死亡因子。

离开他，在你看到这篇文章的当下，去找另一个男子，与一个正常男人恋爱11个小时，长过跟他走过11年。

连岳

2005年6月29日

自以为是的白痴是不值得爱的

连岳：

你好。这是个恶俗的爱情，我总是更愿意把它烂在心里，脸上依旧灿烂，但是你知道，这很痛苦。你看过了太多人的太多爱情，就像医生看到病人，如果不是刀真正割在皮肤上，谁又能体会这到底有多痛？

大学的时候，我们认识并且相爱，他是个努力而勤奋的人，我常常暗自庆幸自己的运气。当他考上公务员而我没有的时候，我隐约感觉到我们之间有了不可弥补的距离。果然，毕业后，他母亲至死不同意，理由是我们门不当户不对。但是我们无法分开，以为时间长了他母亲会慢慢回心转意，我们等了一年，她还是丝毫没有改变。他觉得年龄对于女孩子更加敏感，不能再这样无休止地等待一个不会改变的答案，就这样，我们痛苦地分了手。他是个很孝顺的人，可我没有想到他会孝顺到宁可自己痛苦地放弃爱情而让母亲高兴。我真的没有想到。我一直努力地走进他的心里，努力地让他觉得幸福，可这却成了我们分手的包袱。

我整夜整夜地睡不着，一闭上眼睛就是他的影子和我们以前在一起的点点滴滴，一想起这些我的眼泪就无止尽地流下来，我甚至觉得不结婚也可以，只要能跟他在一起。我没有自己想象的那么坚强。当他拒绝和我拉手的时候，我才真切感受到分手是那么令人心碎。他说，我们已经分了，不能再这样。可是我们一个星期前还是一对亲密的恋人啊。我知道他也很痛苦，可是他还是放开了我的手，他无数次跟他母亲谈判过，结果都是不欢而散。他说，他对于他妈就像敌对国一样不可妥协。

连岳，爱情是婚姻的天平里最轻的砝码吗？也许这是个太平常的悲剧，可是它真实地发生在我的身上，让我觉得炎热的夏天就像冬天一样寒心，他曾经跟我说过，不要怕他妈妈，她很善良，这给了我一丝希望。我是不是应该找他母亲谈谈？我该怎么办？你能给我回信吗？

Raintoeyes

Raintoeyes：

事先声明一下，回这封邮件不是因为它特殊，而是因为它太一般，普通得占了我邮箱里的大多数空间，所以，有回一下的必要。当然，伤无所谓普通与特殊，都是一样的痛。

我想起七八年前的旧事，当时我在一家晚报干活，有个同事某天当了副主任，马上就表示“你要团结在我身边，我们可以一起做一番事业”，听到以后，那股从心底涌起的恶心味道，我的生理至今还有记忆。过了一段时间，我就从那家报纸辞职走人了。可能这是一个很主要的原因：看到你的故事，我的“恶心”记忆又苏醒了一次。这个世界上，太多人把自己太当回事了，这在爱情上面，也是如此，考了一个公务员资格，就认为“门不当，户不对”了。恶心就像城市的热岛效应一样，让我们无处可逃。总是无可避免地、源源不断地碰见恶心之人。

萨特生活在我们这个空间，也许可以写出十本《恶心》吧？波德莱尔来到当下，想必是可以将《恶之花》的容量增加百倍。

这样的人，分手了，有必要整夜睡不着吗？有必要眼泪流不停吗？这明明是喜事呀。事实再次证明，百分之九十的分手是值得高兴的。天呐，一个自以为高不可攀的公务员，就像下面这些人：一个自以为有品位的傻文青，一个自以为有姿色的丑女人，一个自以为忧郁的粗鲁之人，一个自认为有爱心的奸猾之人，一个自以为有钱的小商人，一个自以为正义的批评家，一个自以为提升大众水准的导演（我不是说贾樟柯）……这一切人，仿佛蟑螂与白蚁一样败坏我们的世界，如果他们其中有一个是你的情人，也将败坏你的人生。这种人，你就让他当他的公务员，有什么可难受的。

你问要不要见他的母亲？如果你见他的母亲是为了问候他母亲的母亲，我鼓励你去；如果是恳求她让你嫁入“公务员豪门”，我看还是算了吧。

换在三五年前，我还有点脾气的时候，碰见你男友母子这种人，就会说：“白痴，去死吧！”现在，我理性多了，平和多了，遇上同类情况，可能就无话可说了，只想着如果自己能回到脾气大的年纪该有多好，就可以无所顾忌地说：“白痴，去死吧！”

原来看过一个博彩广告，一对小情人见面，双方几乎要同时说话，女生于是对男生说：“你先说。”男生嗫嚅着说出那句话：“我看我们不合适……”女生“哦”了一声，不说话了，过了一会，男生问：“那你刚才要说什么嘛？”女生说：“现在对你来说没有意义了，我本来想告诉你，我昨晚中了一千万。”

一个多么完美的故事，我没有办法描述那个猪头懊恼的神情。

也许你中不了一千万，但是，一个洋洋得意的公务员及其母亲，你可以低看一眼。就是碰见一个部长，他若在恋爱当中以为你要高攀他，我看，都不要太留恋；何况，你离开的，是一个百分之百没有出息的家伙，让他和他的母亲过一辈子吧。

连岳

2005年7月6日

处女相对论

连岳：

最近好吗？我快郁闷死了。我19岁了，跟男朋友交往已经一年多了，前不久我们发生了第一次性行为，意外的是我却没有流血，而在我的记忆中，长这么大从来没有什么处女膜破裂的意外事故啊，我感到好奇怪，他也相信我是第一次，但我总觉得他会不相信我，因为他也想知道原因，但我确实是不清楚啊，我们对于第一次的常识就知道这一点。

我既觉得迷茫，又有些委屈，感觉好像自己全身心的付出受到藐视一般，随后我们又试了两次可还是没有看到我想要的结局，我可真想哭啊。他说即使我不是处女他也会使自己接受我，现在最重要的是让我回忆一下自己有没有过什么处女膜破裂的记忆。可我想破脑袋也想不出啊，因为真的没有，再加上当时下身真的很疼，我不禁泪流满面。此后很多天一直持续到现在我都心里面有阴影，怎么也挥不去，我再也没有那方面的欲望了，甚至打算从此不再见人，出家就好了。

我无法使自己相信他会信我，因为从我们的交往中我知道他是处女情结很重的人，我也从来没有担心过自己给他的会是不完整的，可现实……确实让我难以接受，我不但没有感到自己所预料的幸福，而且还如此痛苦，唉，拜托你在不忙时给我破解一下我的迷茫好吗？多谢了。

它在哪里

它在哪里：

这是关于处女膜问题的邮件中，最为可爱的一封，不像其他苦哈哈的，你分明让我想到了……想到了……

阿尔伯特·爱因斯坦。

对，就是他，在一百年前的1905年，他在物理学的三个不同领域中取得了历史性成就，尤其是《狭义相对论》的建立与光量子论的提出，推动了物理学理论的革命。那一年，爱因斯坦26岁，这位年轻人不知道有没有像你一样，尝到了性爱的美妙。性对人生的重要性，可能不亚于爱因斯坦在物理学中的地位。

当然，前提是对性的态度是正常的。

我觉得，你有一点爱因斯坦的气质在，尤其是你对处女膜问题的执着。“随后我们又试了两次可还是没有看到我想要的结局”，你还是挺有科学实验的精神，一直试错到成功为止，可是处女膜这东西，第一次没有流血，试得越多，找到的可能性就越渺茫，是吧？你即使是出家了，它也不可能重新长出来。在寻找处女膜事件中，你以爱因斯坦式的执着坚持着反爱因斯坦的伪科学行为。

没了就没了嘛，处女膜的命运就是最终消失掉的，如果你拥有它到天长地久，反而是件不幸的事情。

况且，你的男友在这次事件中体现出来了多么可爱的特征，他有处女情结，在你没有见红的情况下，仍然相信你是第一次，仍然“说即使我不是处女他也会使自己接受我”。原来就没有处女情结的人，这样表态倒不新鲜，可他明明有处女情结，这就不容易了，无形中完成了对他的考验，看来他爱你胜过爱自己的偏见，恭喜呀，那层小小的膜固然莫名失去了，一个如意郎君却清晰成形，这时候，再谈出家，我想，就犯了“我执”。

你要很多男生仔细确认他的第一次性梦，可能也没有确切答案，他们不会因此着急。你的处女膜可能在你完全不知情的情况下意外损坏了，甚至你可能就是奇人一位，天生就不长那累赘的东西，这有什么关系吗？事情不是进展得很顺利吗？

最后想说的是，处女情结不是只有男人有，女人也会有的，你就有处女情结，你若悲悲切切下去，说不定你男友会想：看来，那东西是挺重要的，我也不能太不在乎……到时，你后悔就来不及了。

连岳

让我们放弃爱情恐怖主义吧

连岳：

我和小B是经朋友介绍相识。所有我的朋友、亲戚、同事包括我的父母，对他的印象都好得不得了。比如，只要有异性打家里电话找我，我家就会直接对人家说我们家的××，已经有男朋友了，你找她有什么事吗？N次把打来电话找我的异性说得莫名其妙。而在我登门拜访了他的父母后，他的父母也是非常中意我，我的亲生父母都没对我这么好过，也着实，让我感动了一把。

就在此时，生活就开始和我开玩笑了。某个午夜，小B的手机给我发来短信，立场坚定地要和我分手。经过几个回合的短信战，我无比确信那人不是小B，是小C（注：小C是一个离异女性，曾经是小B的同事，我通过小B认识她，并和她成为好友）。小B和小C早有暧昧，小C后来虽嫁作人妇，但两人还是继续暧昧。后来小C一离了，两人那更HAPPY，一来一去四个春秋啊。

看到这儿，你一定认为这故事太俗了，可不

俗的就是这下面。

最让我心痛的当然是小B，在他知道了所有事情的原委后，他居然选择小C，用我朋友的话来说，就是他做了一个所有正常男人都不会做的选择。

我向其父母表达了我的意见，是我没福气做他们的媳妇，我成全小B和小C后，我就毅然伤心离去。当晚午夜，我陆续收到小B和小C的电话，小B的态度让我很绝望，他居然说，他低估我了，我就是小C口中的诡计多端的女人，我的目的达到了，但他也彻底和我完了。我当时气得，我的目的不就是让他和小C在一起吗？由于那时睡眠不好，加之我有医院的朋友，所以正在借酒消愁的我一气之下就把我手边的几瓶安定全下肚了。

在我几天后被送往医院正在晕迷时，我父母找来了小B，他无辜地解释道，是我疑心病太重，一直怀疑他和小C的纯洁友谊关系，这会儿居然会傻到因怀疑而走这条路，他很伤心。我父母当然相信了，小B并当即表示可以找小C来当面对质。在一通电话后，小C赶到。小C人还没站稳，就对在场的所有人说，她和小B早就是以身相许的，只是一直有我这个第三者。当我父母用老泪纵横来向小B要一个解释时，小B选择了沉默。期间，小C还在小B协助下，在我家人未在场情况下对正晕迷的我大骂。奇迹出现了，晕迷的我被她骂醒了。随着我的苏醒当然有医生与护士的忙乱，还有围在我病床边亲人们的焦急询问，还有小C的迅速撤离现场，就在此时，当着众人的面，小B深情地拥着我说，他总算盼到我醒了，他要和我马上结婚，因为他太爱我了不想再失去我。

可两周后，他除了每天的两个电话外，人都不出现了。理由，忙。此间我也意志坚定地和他分过两次手，可每次都是在双方父母的共同努力外加他的眼泪和跪求下，无奈妥协。每次妥协后，他依旧是除了两个电话外，就是忙。

出了这么多的事，可现在我身边所有的人还是对我说，浪子回头金不换，让我摒弃前嫌，我真不知道是现在他的真心众人可鉴，真的是我想太多了，还是他在人前的演技实在太精湛了。

颓废的可怜人

颓废的可怜人：

让我先跪下来求你，万一接下来我说了什么你不喜欢听的话，你千万不能寻死什么的，我的意见是，出现任何争执的时候，都不能去寻死，一是这样不公平，像是把自己当成人质要挟他人，二是对自己不负责，负气死掉，是最不可原谅的蠢事，即使像你所说的“有医院的朋友”，还是不要再做吃几瓶安定的事情了。

作为有史以来第一个“劝离不劝合”的情感专栏，你的邮件颇让我为难，因为你明明知道，你要从我这儿得到的答案是和这个小B分手……而且更糟糕的是，就是仅凭你的叙述，我得出的结论偏偏却是：小B和小C可能真的在相爱；至少可以肯定的是，小B爱小C远远胜于他爱你。

知道哪一句话泄露了答案吗？是它：“最让我心痛的当然是小B，在他知道所有事情的原委后，他居然选择小C，用我朋友的话来说，就是他做了一个所有正常男人都不会做的选择。”这就是爱了，虽千万人吾往矣，并不在乎全世界的反对，甚至不在乎对不起全世界。爱情不是全民公决，看谁得的票多，而你却有可能是这样认为的。双方亲朋都看好你们，而所有“正常男人”都会反对选择小C（按照这个“正常”标准，我也被排除出了“正常男人”这个组织，所以，你不要对我的判断太过生气）——结果恰恰却是得票少的人赢得了选举。

两个人的爱情，最最核心的结构是：你爱他，他爱你。在此基础上得到社会认同、长辈祝福才有意义。否则，啦啦队跳得再漂亮，比赛都精彩不起来。这个常识，我想，你应该会接受吧？并且在下一次真正的恋爱当中去实践它。

只要是“正常男人”就会选择你，由此看来，你是个有魅力的女人，如果放弃爱情中的一些无效且乏味的手段，你一定能很快找到真爱，到那个时候，你会发现今天这事是多么不值一提。

所谓无效且乏味的手段，就是一哭二闹三上吊，中国的女性们使用了几千年，它能有效地捆绑一个男人和杀死一段爱情，却无其他有益的作用。两个真正相爱的人，都经不起这样折腾的，更不必说原本就不爱的怨偶了。以死相威胁，是爱情恐怖主义，它只会让他人产生恐惧：你没死成，他必须承受道德压力；你死成了，他的人生可能就此崩溃。这种做法只有毁灭能力，其中没有一丝爱意——对自己的，对他人的。

新的时代到了，让我们在爱情中搞搞新意思吧，不哭不闹不死，安静地、自主地、自尊地恋爱，让所有相关者都不必流泪，也不必下跪。

连岳

2005年7月13日

看钱识男人

连岳：

你好。一直都看你的这个专栏，看到那么多男男女女为爱所累（当然其中女性来信占多数），一直都很庆幸自己和他仍然固守着我们的爱情阵地不曾动摇。但就在今天，我提出了分手。

我们在一起已经一年零八个月了，他今年刚工作，我还在读大学，马上就大四了。我们在一起的这么些时间里，他很少送我礼物，情人节他不会送我玫瑰，说这个等结婚后送，我的生日，他也不会买礼物给我惊喜。

我自认是个有点女权的人，我不希望男朋友为我多花钱，我也不想什么都依赖男友，每次出去吃饭，我都提出要分担一部分的，因为那时我们都还在读书，经济来源都靠父母，虽然我和他的家庭都算还可以，但毕竟谈恋爱是件很花钱的事，我看过周围的那些男生，把钱都花在女朋友身上，而自己过得很落魄，我真的不希望他那样，所以我平时都不会要求他给我买什么，就算他请客吃饭,我都不会点太贵的菜。有时他提出我请客,我也答应,只要我有钱,但付账时我都是把自己的钱包交给他让他付,我觉得这样对他会好点,我想保留他的面子。一直以来我们都这么过来了,可是昨天的那件事,却让我一下子爆发出来了。

昨天他坐一个多小时的车来看我,我们中午打算吃50元左右的饭,他一开始就说让我请,理由是他过来看我,我要请客。可我当时的钱真的不多,他就答应负担20。点菜时我提出要吃冰淇淋,他说:“那好吧,不过那吃的可是你的钱哦。”当时当着服务员的面,我都觉得有点丢脸了。我想不通不就这么点钱,他为什么不肯破费,那时他已经工作了,月薪还不错。我就说起某些地方的男生怎么大方,出去从来都不会让女生花钱,他一下子就火了,说:“我是小男人,行了吧。”还说我不会过日子,没有把他的钱当成我们俩的钱来考虑。

连岳,我真的不明白,我们为什么会因为钱这个俗气的话题而分手。

钱钱

钱钱：

既然多数人认为钱这种东西俗气，我心内爱钱，在这里也不好意思说钱其实就是一张纸，不卑不亢……值得高兴的是，许多人分手表面上看是由理想、品位、人生愿景之类的高雅话题而起，但归根结底，还是出在钱身上。所以，让我们先来解决一下“钱”这个问题，俗气的事情都过不了关，还有什么关能过？

所谓闻香识女人，看男人的金钱观也可以判断出男人。

不要和瞧不起钱的男人恋爱，因为他永远不可能有钱；也不要和把钱看得太重的男人恋爱，因为他永远不可能看重你。

不要和傻大方、冒充有钱人的男人恋爱，因为这最终要由你来埋单，或者用你的积蓄来堵窟窿；不要和抠门的男人恋爱。

不要和——喂，为什么不要和抠门男人恋爱？你的理由还没说呢！哦，那是因为不需要理由——不要和没买过玫瑰的男人恋爱，因为他不太可能买更贵重的东西了；也不要和只会用玫瑰来表达感情的男人恋爱，动不动就用巨量玫瑰，头脑简单，行为幼稚。

不要和藐视奢侈品的男人恋爱，因为女人无法拒绝奢侈品，而且这样他会送了你冒牌玩意而毫不自知；不要和崇拜奢侈品的男人恋爱，因为这样女人在他心中变得廉价。

不要和车价最贵时买车、房价最贵时买房的男人恋爱，因为他是个冲动的傻子，容易受诱惑，没有主见，信用迟早会破产，到时候什么都买不起；不要和从来没想过买房买车的男人恋爱，他连最私人空间的概念都没有，你们不能总在公园里、影院里接吻吧？

不要和赌性太强的男人恋爱，因为对他来说，再多钱都只是数字，转化不成现实的快乐；不要和从来没有碰过手气的男人恋爱，他太相信概率，对自己也太过悲观，不相信有什么好运气会降临到自己头上——所以，他不会认为你之于他，是稀罕的大奖——更可怕的是，这可能是一个道德感畸形的人，你难道会愿意嫁到修道院里？

不要和在钱上面开不起玩笑的男人恋爱，不能说他小气，不能说他没钱，不能说别的男人大方……因为这意味着他很小气，很没钱，也真的没有别的男人大方；一个不管你怎么取笑他小气，他不生气，却依然小气，这样的男人，当然更要远离，小气到贱。

好像没有直接回答你的问题，没关系，让我们一条条来衡量你的男友……糟糕，糟糕，在每条排除法中，他都好像被排除掉了。

但愿他原谅我，但愿他不是黑社会……对了，最后说一条，不要和黑社会的男人恋爱，在这点上，不要太相信好莱坞与香港的警匪片，要相信内地的政法影视作品。

连岳

2005年7月27日

宁可错爱一千，不可漏过一人

连岳：

2003年11月，她和我第一次通宵短信，她哭着说：我答应你，五年后我嫁给你。而我一时的清高、面子让我没有接受这个怜悯的爱情，尽管我爱她。拒接她的电话后，失眠了一夜。这是第一次后悔地错过！

2003年12月，第一次和她比较正式的约会，就在那个咖啡屋。幽暗的灯光，低调的布置，浪漫的气氛，清脆的钢琴声。我点的是卡布其诺，她点的是蓝山。一个晚上的时间很快就过去了，送她回去后，凌晨的短信告诉我，原来在喝咖啡的时候她在想如果我吻她，她会不会有感觉，会不会心跳加快，我很惊讶她的想法。就这样第二次兴奋地错过！

2003年12月，因为上次的短信，我都想好了潜台词：从今以后，你再也不用费力地想如果我吻你会不会有感觉，会不会心跳加快了，因为我现在就要吻你。我们约了同样的地点，同样的时间。

也许因为我的口拙，台词始终没有说出口，是不是很笨。第三次遗憾地错过！

2004年2月，新年快结束了，她说她试探了她的妈妈，如果她毕业后回家工作，只要我能在她家那边找个稳定的工作，我们就能在一起了。可她的家人是不会同意的。这时的我才知道“爱情是两个人的事情，而婚姻是两个家庭的事情”。第四次沮丧地错过！

2004年3月，在我生日的前一天，又约在那间咖啡屋。那天下着大雨，她一个人等了我好久，她买了蛋糕和红酒。结束了这个两个人的party，雨依旧很大。她好像有点醉，两人走在一把雨伞下，她不时向手呵着暖气，而我的手就在她手边徘徊，想给她温暖，想抱着她的冲动越来越强烈。似乎是大雨浇灭了我的心头的火焰，又一次将机会错过。第五次开心地错过！

2004年3月，生日后的一个星期，由于一场误会，一场深得差点决裂的误会，在她近乎丧失理智的情况下，把我骂得一文不值，我并不恨她，也许是我的解释不够清楚吧，这次约在麦当劳，喝着我们都喜欢的奶昔，她穿着黑色红袖的小棉袄，越发地漂亮。回去的路上，她一路唱着跳着，我在后面远远地看着，有种幸福的感觉！第六次幸福地错过！

2004年5月，她已经离开我的生活一个月了，一个月的失眠让我迫切地想在放假期间回家静静。我背着包，提着行囊，漫无目的地走在曾经的路上。手机响了，她的信息，问我有没有回家，她说她正在应酬一个饭局，快结束了。我很生气她这么晚出现，可还是告诉她我的位置。她说她今天穿了一件我没见过的衣服，如果当时我主动点，也许能见到她最后一面，可我选择了关机。一个人坐在天桥上，几瓶啤酒一包烟，有点像流浪歌手的生活。凌晨两点打开手机，很快有条新信息进来，是她，她叫我回去，别在外面，她很担心。我只有苦笑一声，继续抽烟喝酒。最后一次痛苦地错过！

无数次地错过，有开心的，有痛苦的，但错过了就是错过了，同样的结果，同样的心情只会一次又一次上演，只有那个咖啡屋，那个时间值得纪念吧～

姐弟恋真的这么辛苦吗？在中国真的不能被接受吗？心里实在是痛苦！

默默落落

默默落落:

若干年前，我就不信错过了能奇迹般地相逢，《甜蜜蜜》那样的电影，所有的错过都是为了相逢积蓄快感，那种事情不会发生在生活当中。至少，发生的可能性很低，所以偶尔发生了一次，就有人拍成电影，写成小说，画成漫画，用来感动世间的痴男怨女。

因此，为了怕错过，宁愿大胆地错误表达。预感有人的眼光似乎动了情，就跟她对视吧；后来知道她只是斜视，当然会尴尬，可是没有错过。发觉有人的身体似乎柔弱地想要依靠，就伸手扶扶她的肩，后来知道她只是冷，当然会尴尬，可是没有错过。看到有人分明在等待拥抱，就轻轻地抱抱她吧，被推开当然会尴尬，可是没有错过。对一个人动了情，就对她说，轻微地、明确地表达，对一个姑娘表达爱意，只会让她开心——哪怕她并不爱你——这是对她的奖赏，她即使拒绝你，也会温柔地、礼貌地、优雅地，并不会让你受到羞辱。所以，宁可错爱一千，不可漏过一人。

说那三个字：我——爱——你。不要考虑文采、幽默感、含蓄，开始时总是紧张、慌乱、无氧运动，用一秒钟赶快说出：我爱你。说出来以后，心情放松了，你在将来的时间里，可以写诗、可以讲冷笑话、可以玩脑筋急转弯。爱一个人，当然要胜于爱自己的面子，说出来，不要把好姑娘都让给皮厚的中年男人。

错过了，就可能永远错过了，她可能爱上另一个人，甚至爱他胜于爱你；你如果表达了，她可能就只会爱你最深的。多数人没有那么独特的魅力，可以浅浅地交往就让她觉得你是此生的唯一，充其量，只是让她对你有好感而已。只有在爱中沉沦，彼此才会成为相拥最深的一对。没有人会为了一点点好感而等候你一生，好感就像香水一样，会挥发干净。

若干天前收到你的邮件，我想，再怎么理性，爱情当中巫术的成分、奇迹的成分，总是存在着的，说了太多理性，也许我们可以期待一点出乎意料。如果把一个羞涩男子的深情邮件登在这个专栏之中；而那个谜底女子，如果刚好看到了这个表白，他们会不会最终相爱呢？他们所有的错过会不会成为快乐的助燃剂呢？他们的孩子会不会取名“鸡汤”当作纪念呢？——我可能想太多了。

让我祈祷一下吧。让奇迹发生吧。劝离了那么多人，让我有机会洗清自己的罪孽吧。

而旁观的人——说的就是你——得到的教训自然是，爱一个人的时候，要说出来，现在就说：

我——爱——你！

连岳

2005年8月18日

论婚姻中的文艺腔调之不可行

连岳：

我一直都不知道该怎么写这封信。24岁的时候，我遇见了我现在的丈夫，感觉他有幽默感，善良，脾气很好。所以两年后，我成了他的妻子。新婚都是愉快的么？新娘子都是快乐的么？我觉得我不是。筹备婚礼的时候发现了很多事情，他很孝顺，但是不考虑我的感受，即使我在问题发生之前已经和他谈过也没有用，他的方法就是皱起眉头，说烦死了。不用说，我当然是觉得很伤心，因为我总觉得，丈夫是你可以依靠的，但是我发现不是，最后我还是直接找他的父母沟通，才解决了婚礼的很多事情。

再怎样，想到以后可以天天见到他，心里还是很快乐的。可是三个月过去了，我又错了。

去年他跳槽去了新的地方，所以他一直说自己很忙、很累，他没有时间来和我说话，他认为我所有的问题都是小题大做，他是为了自己的事业，所以，他没办法，希望我不要再和他纠缠。

那么世界上只有有很多钱的男人，才可以不工作，才可以好好地和妻子相处么？

那么陈逸飞够忙了吧，怎么会有时间结第二次婚？杨振宁岁数也不小了吧，怎么会和妻子去黄山蜜月？这世上的事情，如果真心想做的话，是不会有那么多借口的。

所以我发现，我的确是和他不适合。

他在家的时候就是玩大富翁，看电视，什么烂电视都看，然后就是睡觉，然后说：“我是很内向的人！”就可以不说话了，不爱看书看报，说是会头晕。

我的爱好是经常去书店，选择我喜欢的电影，很少看电视，因为很少能有我喜欢的。对于我来说，外面的世界只是为了生存才不得不去上班的，下班后，从你喜欢的作家、喜欢的电影里，找到令你难忘和感动的碎片，那才是最有意思的。

如果我以后有女儿，我一定会告诉她，要睁大眼睛看清楚，热恋时候，他很专心地听你的话，不一定是真的和你兴趣相投，只是想尽快娶你回家，让你为他洗衣服擦皮鞋，如果你觉得他会是你灵魂的伴侣，那就很容易失望，因为善良的好脾气的他，也会因为老婆不让他看电视而大发雷霆。

我只能继续找我的灵魂伴侣，我希望有天，我可以好好地和她或者他谈，我刚看的那本书是多么地感人，这位作家十年没写书了，但是一点都没有让我失望，等等。

因为我是悲观厌世的双子座，而他是现实执着的摩羯座，他是最好的饭票，但却是最沉闷无聊的人。

Roye

Roye：

怎么说呢，做一张饭票——还是最好的——我觉得这样的男人已经很难得了。先别把他撕掉，或者否认得太厉害，再来想想有什么折中的办法。我这样委曲求全说他的好话，并非因为现在的男人素质太差，降低了标准，而是因为，能做一张好饭票的男人，在什么时代都是难得的。

我甚至觉得，一个男人首先要做到的，就是成为妻子的好饭票，让她随时都可以不工作，在家玩、看书、看电影，闲得腻了，就由她出去找喜欢的工作，不在意薪水的高低。至于能不能成为你灵魂的伴侣，那得看运气，一万桩婚姻，能不能碰到一个这样的男人？从金钱到智慧，从肉体到灵魂，样样都可以进入名人堂，我们不可以指望有那么好的命，不能强求命运之神，就像不要和博彩公司较劲。

他不爱说话，就当他是高仓健一样的男子，酷；巧言令色，非君子所为。

他嫌烦，可能真的很烦，一个心里烦躁的男人选择的是少说话，和女人正相反，不理他，放他独处；而且他烦心的事可能是：真是该死，得送她什么礼物才好呢……

他爱看电视，玩游戏，不爱看书看报。姐姐，你那么看不惯，我依然认为这不是什么缺点，何必成为崔永元，动辄指责别人的电视品位？换个角度来描述，你看书，他玩游戏，两个人待在一起，各自干着喜欢的事情，这不就是安逸婚姻的日常情境吗？你不觉得这样很暖和吗？这个孩子一样的男人，努力工作、贪玩、不爱读书、整夜陪着你……

你的诸多不满，全是生活中可以忽略的细琐——是的，不爱读书是可以原谅的——所以，让他看电视，不要因为这个让他大发脾气。我尊重那些把灵魂看得很重的人，那些人可以跟天使对话，在与千万人一样普通的生活中，随处找到钻石。家庭妇女狄金森可以写下最伟大的英文诗，也就是说，灵魂的出口在你自己手中，而不是逼着你的丈夫承担这个额外的重责。

若要真的探讨，灵魂的出口不少于四万八千种，十年喜欢一个作家是，喜欢烂电视又何尝不是？只要能让你心态平和，暂时忘掉烦躁痛苦的一切方法，都是灵魂的出口。最让灵魂感到不舒服的就是别人要来提升自己，此时灵魂会很痛苦、很抗拒。一个妻子让丈夫看有思想的小说、有深度的电影，甚至讨论一下近来文艺思潮，控制电视与游戏等一切低俗娱乐，再没有比这个更让婚姻显得尴尬与羞耻的了。有很多壮志未酬的文艺青年爱这么做，终生乐此不疲，不要步他们的后尘，他们把婚姻与丈夫泡在半瓶醋中而不自知，反而以为那酸味，正是灵魂醉人的馨香呢。

住手吧，不要再想着教育你的丈夫，他已经很好了，你每次做出这种尝试，他的心里都在懊恼：我怎么瞎了眼……

你嫁了个不干涉你读书的饭票，而他娶了个逼他读书的凶恶女教师，是谁该喊冤呢？是谁的灵魂更需要提升呢？

连岳

2005年8月25日

爱情中的愚蠢照样是愚蠢

连岳：

我现在很烦恼也很忧伤，可能会有点语无伦次，所说的话可能会有点混乱，希望你不要在意，耐心看完好吗？

我今年已经二十八岁了，对于一个女人来说青春也许剩不下多少了，虽然看到我的人都说我看不出这点岁数。可是毕竟这是不容忽视的。这个岁数了还没有结婚很多人都会出于好心为我着急。我长得也不难看，也许是缘分没到吧。

两年前我认识了他，互相印象都不错，顺理成章地见了家长，一切似乎很顺利。但是他有个陋习——赌博。一年前他输了二十万，他自己没法偿还，是他父母替他还的。那次后他曾说决不再赌了，可是就在不久前又出现了十八万的债务。当我和他父母得知后，真的不亚于晴天霹雳，他的父母举债替他再次还了，他父亲气得要和他断绝父子关系。

本来十月份我们就要买房了，这样一来房

子也买不了了，还有那么多债要还，我不敢想未来了。

他求我先不买房子了，跟他父母住在一起，结了婚再说，房子以后一定买。可是我很害怕，一方面我怕他仍然会赌，另一方面我没法跟我父母解释不买房的原因。

我母亲要是得知不买房了，肯定不会同意的。我母亲是强势惯了的人，她人不坏，只是有些历史的原因造就她这样古怪的性格，而我从小就不敢忤逆她。

在我的内心深处也有顾虑，要是我和他分手，两年的感情就付诸东流了，我不甘心。明年不能出嫁，家人的脸色和过分的关心我也受不了。

我现在是分也不是，不分也不是。

我知道我很懦弱，你一定会骂我。可是我的彷徨、我的无奈是真实的，别人不是我，不能了解我的苦楚。

我多希望我能多一点勇气，活得潇洒一点。

帮帮我，告诉我这样的男人会悔改吗？我应不应该赌上我的幸福？请不要说幸福要自己把握，要是能自己看清楚，我就用不着求助了，所以请给我一个答案。

可能你会说：有什么要紧，可以从头来过，二十八岁也不算老。可是你知道吗，我也在拼命抵抗，可是环境的力量和舆论的压力有时真的不能忽视。我只能向现实低头。

有时会想起梅艳芳生前说的：能嫁就嫁了吧。想想也是啊，何必有那么多要求呢，嫁了也算完成一个历史使命。

我很可悲吧，为了那么多其他因素要结婚。可是你知道吗，我的一个女朋友就是因为三十三了还是单身，那种时刻存在的压力使她行为失常，最后草草跟一个认识三个月的男人结了婚，在少了那种压力后才恢复过来。事后她对我说，她的婚姻不是给自己的而是给别人的。那时我不能完全懂，还嘲笑过她，现在我也好不到哪去。很讽刺。

海豚之翼

海豚之翼：

千言万语，你的问题总结成了一句话：要不要嫁给一个赌徒？他输掉了父母的养老金，输掉你们的新房钱。

你埋伏着许多暗示，包括出动梅艳芳说了一句莫名其妙的话（愿她在天之灵没有受到打扰），你希望明确地从我这儿得到嫁给赌徒的肯定答复。否则，就是让你脱离现实，浪费时间，无视舆论监督，甚至是逼你行为失常。

既然你把我看成傻子与疯子，那我只能给你这个答案了：嫁给这个赌鬼吧，用你的幸福押一把吧，不就是输了38万吗，还可以翻本嘛，输光了大不了夫妻两个找幢塔楼往下跳（还好上海有的是塔楼），跳之前许个愿，来世再做只赢不输的赌神夫妻吧。

满意了吧。以下的文字与你无关了，去忙你的婚礼吧，喜宴的蛋糕可以做成骰子状，保佑你的夫君手气旺一些。

当然了，你愿意看也无不可。

我总觉得，爱情与婚姻变幻莫测，可是有一条基本原则：它是加法。也就是说，两个相爱的人，要比他们独立时更坚强、更有趣、更有力量对抗世界上的愚蠢，自然，也要有更多的快乐，从厨房到卧室……我有些害羞，恕我不继续说了。

只要动用了减法，无论多么羡煞旁人，无论看起来完成了多大的“历史使命”，骨子里都是有害的。爱与婚姻都不能让女性减去独立，让男性减去智慧，不能减去你们自己看重的价值，不能减去自己独特的生存乐趣。

字典里有一些词汇很美，沾上了它们的边，愚蠢看起来也显得可爱，无知有时却分外娇嗔。母性呀，爱情呀，都是其中的词条。

有人生个孩子，就要告诉全世界自己多么伟大。母猪一窝能下十个崽，它岂不是更伟大？老鼠一年能繁殖五代，它应该是地球上最伟大的物种了。生下一个孩子，你要有智慧与耐心让他最终领会到降生在这个世界是值得的，那时候才有资格说“伟大”，不经孩子允许把他带来面临种种苦厄烦恼，可能以愧疚之心对待他更正常一些吧。

有人大声嚷嚷，是他们要我爱，是他们逼我结婚，那是用这些来掩盖自己的愚蠢，不敢承认自己的软弱、无知，不敢面对自己的现状，也害怕对自己的选择负责，只好找一个“爱”字来美化。很遗憾，爱情当中的愚蠢也是愚蠢，只不过，这样的愚蠢与愚蠢的母亲一样，都会受到普遍的奉承，所以要蠢到死。这也是愚蠢生生不息的主要原因，当我们害怕自己愚蠢显得可笑之时，就想办法让愚蠢变得庄严与甜蜜。

不过，我收人钱财，替人消灾，我是负责说实话的，从你邮件呈现的状态来看，你具备了愚蠢生活的所有素质，我唯一能做的，就是替你祈祷，让他的手气变得好一些吧。

连岳

2005年9月24日

美好的一夜已经过去

连岳：

您好！我也不知道为什么会写信给你。我追看你的专栏有两三年了，从来也没有想过要给你写信。对我来说，倾诉只是万不得已的法子。不过昨天晚上，我又梦见了他，清晨醒来时非常悲伤。忽然就有一种很想跟你说点什么的冲动。

这对我来说是秘密，不过对你来说不是。而且，真的说出来之后，甚至略显平淡。希望我笨拙的叙述，不会让你觉得乏味。

他，那个人，曾经是我男友最敬重的学长。我前男友出国留学，我一个人留在这里，当然此前已经有了许多矛盾，他不顾我的反对还是出国了，我虽然伤心，但当时还是觉得，我会和他在一起的。

前男友出国的时间里，我时常和两三个朋友喝酒到深夜。他，学长，我任何时候只要找他，他都会出来陪我，我们一起喝酒，聊天，死撑到天亮，然后我一个人打车回家。我一直很欣赏学长的才华，这样喝酒的次数多了，渐渐地，对他就很喜欢了，不过当时还是没有想过和前男友分手，很单纯的。而且，学长也有一个女朋友。唉，这个故事一定很俗气，后来的结果你也猜得到，有一次，喝到半夜的时候，我和学长终于过了一夜。

那一夜，至今想起来，我还是羞涩而又欢喜。我真的很高兴，我可以和他过一夜。我也没有想到，我会那么喜欢他。整个夜晚，我都不肯睡，一直看着他的脸，摸着他的胡子茬，他的床很小，让我想到《生命中不能承受之轻》中特丽莎去找托马斯的那一晚，他们也睡在很小的床上。我整晚都枕在他的胳膊上。我很担心他一醒过来就会忘了我。

后来天就亮了。我们各自去做自己的事之后，我觉得，我大概失去他了。后来我和他再见面都很尴尬，连像以前那样做朋友都不可能。我也试过去找他，他对我很回避。

我没有办法再面对前男友，我和前男友分手了。不过，我没有告诉他这件事。

我时常会梦到学长，在梦里我总是下定决心不顾一切地去找他，醒过来之后我都勇气顿消。这样次数多了，每当我梦见自己终于拿起手机给他发短信打电话，我就告诉自己：醒过来就好了，就没事了。

我觉得，发生这样的事，男人们都很懦弱。我和他是不可能在一起了。但我始终耿耿于怀的是，他有没有喜欢过我呢？那一夜我是那么欣喜，他呢？我很希望听到他说他喜欢我。我只想确认这件事。

连岳，男人和女人对待这件事到底有什么不同呢？从一个男人的角度，你觉得，他是否喜欢过我？他会不会因为喝了太多酒忘了那一夜的事情？还是，这件事到现在，他已经不放在心上了，而我还在这里傻乎乎地，一个人，总是想起那个晚上，还时常觉得很幸福。

祝好！

Timberry

好了，你现在要做的，就是把那晚存起来，不要想它了，再美好的夜晚都过去了，是时候看看黎明的微光了。

连岳

2005年10月5日

放下屠刀，立地成爱

连岳：

你好！

不知道你可看过杨德昌的《牯岭街少年杀人事件》，我曾有一年就是电影中张震那个状态，买过一把砍刀（可不是小匕首），想报复。

但既然给你写信，可见我已经回归理性。我不想变成收音机或是无聊小报上别人的名字勾起的悲伤回忆。父母比女朋友重要，不是吗？简单介绍一下：女朋友谈了两年，感情好，答应结婚，在我刚出学校的时候，由于条件较好的某某，离我而去，我当时混得艰难。自己的故事自己看来都是惊心动魄，在别人看来只不过是二流杂志上感情故事的老套情节。

五年前的事。她的离去加快了我向上的步伐，我看世界的方法有所改变。我更加独立、顽强、肯吃苦，愿意去做别人不做的事情，然后好运气开始关照我。我开始有了一点小小的成就，有了安身的地方，甚至还多出钱在市中心多买一套房子。

那个女朋友现在怎么样对我已经不重要了，哪个残疾人会天天去想自己断肢的模样呢？

但我想长出新的手却发现很难，这也是我给你写信的原因，因为爱情永远是两个人的事情，但我不知道怎样才能再相信别人。爱情受价值规律的支配，对女孩子来说，我提供的效用比我本身更重要。我有点小地位，有点小财产，有点小头脑，有点小帅，还有点小幽默和小人格魅力，所以不缺女孩子陪我玩。但是人和人之间有没有感情我心里很清楚，就像我知道人和人之间有没有防备一样。

我近利浮躁，女孩子更近利浮躁。父母这一代是没有选择只好白头到老，我们这一代是选择太多，换来换去。我还不错，还有人更好。我能提供效用，但也有边际效应：一次送CD香水是满足，两次就是无所谓；一颗钻石是戒指，两颗钻石是耳钉，仅此而已。

我聪明，女孩子也不笨。谁先动情谁先输，床可以上，情却没有人动。你想控制我，我还想控制你呢，有时候也搞不清谁是猎物，谁是猎手，更多的时候两个人都是在进可攻退可守的状态，套句行话叫“观望”。

常觉得自己没谈恋爱是社会的责任，上个月差点儿把一个读书的女孩带回家，两个人出酒吧的时候发现有个兄弟蹲在门口虎视眈眈，不知等多久了。就像看到当年的自己。我也知道自己感情的真实度不及他的十分之一。也给年轻人一个忠告，没钱没地位有出色的女友绝对是奢侈。或许，这个社会正确的模式就应该是三十岁男人勾搭二十岁男人的女朋友，等到二十岁男人长到三十岁了再去抢别人的，当然，前提是你三十岁要有个人模狗样，至少有我这样子。

回想当年，我只不过学到一点，不管什么，要更自私。自私的代价是孤独。这就是我今天的问题。晚上坐在车里，写完这段话我就回家，希望你能给我个一针见血的回答，如你平时那样，犀利而幽默。

小白乖乖

小白乖乖：

首先感谢你的邮件。许久以前，收到一封邮件，对我“出卖男性取悦女性读者”的作为表示理解，自那以后，我就希望收到一些阳刚威猛的男性邮件，让我和这个男人酣畅长谈一次，在交心之际，把他出卖给我亲爱的女性读者。当然，这是我过分激动说的胡话。我没想到会阳刚得这么彻底，来了一把砍刀。

我有一把瑞士军刀。多年以来，只用它削过铅笔。但愿我没机会亲自用到里面那根缝合伤口的钢针。

我们都有刀，可是我们都会爱上那些柔软的女人，人真是奇妙的动物。

男性在成长过程中控制自己的力量，是相当刺激也相当痛苦的过程。我还记得在初二时，与班上一个男生发生冲突，两人相约放学后到学校一废弃的工棚决一高低，在等候的几个小时之内，浑身发抖，手心冒汗，偶尔还要目光凶狠地与他对视。最后，在全班其他男生的观礼之下，我们花拳绣腿地比画了几下——我感觉到他和我一样害怕，而且力气在焦虑的煎熬中消失殆尽——谁也没受伤，甚至连衣服都没弄脏。

这件事一直记得。当时年纪小，得出的经验之一是：阅读武侠小说，无论是传统的《七侠五义》或者现代的《射雕英雄传》，都不太可能增长自己的武功。所以开始做伏地挺身。

后来年纪渐大，得出的经验之二是：不要相信自己有惩罚他人的权力与力量。二头肌、三头肌练得再结实，也挡不住别人砍刀的利刃；再快的宝刀，也敌不过一颗子弹。

一次不成功的小架，我就要得出这么多教训，活该只能靠写文章吃饭。

话说回来，每次我在新闻中看到那些年轻人的激情犯罪，我总在想，他们和其他年轻人元素基本相同，可能只是自己的力量一时失去了控制，或者说，命运在他们认识到力量的坏处之前就让他们拥有了力量，这是他们的不幸。

还好，你的砍刀并没有给它的主人带来这样的噩运。

今天，再把另外一把屠刀也放下吧。

爱情有个奇怪的副作用是，它赋予了恋爱中人相当大的惩罚权：你是唯一能让那个爱你的人受严重内伤的人；同时，你也有了将异性简单归类的权力，“男人不过如此……”“女人不过如此……”成为你的审判词汇。

更有趣的是，这个世界一定会满足你的简单思维，“男人不过是动物！”你就一定会和动物混在一起；“女人一定是骗子！”你可能就碰不到诚实的女人了。

你第一个失败的爱情，让你“更加独立、顽强、肯吃苦，愿意去做别人不做的事情”，这不正是你在爱情中成熟的最好证明吗？你不承认也没关系，我只要你承认你不再是小男孩了，褪掉那副受气包一样的撒娇姿态，你没有毁掉全部女人以及全世界的力量。

这针见血了吧？我可爱的“有点小地位，有点小财产，有点小头脑，有点小帅，还有点小幽默和小人格魅力”的小男孩。男人的成长，不仅仅是性器官长大而已。

连岳

2005年10月12日

爱情从来摇摇欲坠

连岳：

我和认识了三年的男朋友刚刚分手了，也许在别人看来这种事很正常，可是我却付出了沉重的代价。本来我们准备教师节认识三周年纪念日去领结婚证，却因为一件很小很小的事吵了一架，也可以说根本没有事，可是却造成了无法挽回的事实，他逼着我去医院打掉了孩子，5个月了，都可以看出是个男孩了。之前我怎么求他都没有用，我说只要不分手不拿掉孩子，我什么条件都答应，可就是没有用，他始终一句“已经这样了，没有办法回头了”。其实我也知道他爸妈是很大的决定因素。一直以来因为在他家人眼里，我条件不好，再加上我内向不善接人待物，和他们关系一直不好，所以他爸妈一直叫他和我分手，认识三年对我说了三次分手。冰冻三尺非一日之寒吧，可是我有时还是会想人怎么会这样，怎么会这样无情、绝情，这样狠心？

不过这也许就是我的报应吧，其实我觉得我

不是个好女人，认识他时我刚来这个陌生的城市，因为寂寞就接受了他，说实话他不是我想要的那种男人，就想谈谈又不一定结婚就这样混了下去，三年了对他虽然谈不上爱得多深，但感情还是有的，否则我也不会那么不顾自尊地去求他了。人都说爱是一个家稳定的基础，我自认为对他没有爱，所以去年这个时候明出现时，我疯狂了，可我是真的很快乐，我到现在还是这么想的。他是我的专业启蒙老师，比我大四岁，高大英俊、成熟稳重，我知道我是爱他的，因为我那时决定了放弃这里的一切回老家和他在一起，只不过我又错了。后来尽管我知道了他是有老婆的，我还是没有拒绝他，因为和他在一起我真的很快乐，可以忘记任何痛苦烦恼。国庆之前我痛苦得不得了，放不下三年的感情，还总是打电话发消息给他，尽管他一直不理我。可是国庆我回家了一次，和明在一起待了一天多，回来后我再也没有之前的那种冲动时时想打电话给他了。我也知道和明是不可能的，但也始终拒绝不了他，就像上次你说的，有时候我们爱一种东西，享受一种关系，并不需要对方的认可，就像我们欣赏原野之美一样，并不需要原野对你的感觉，关键是我得到了快乐。

现在的我应该好点了吧，可是我有时过几天还是会打个电话给他，问他有没有交新女朋友，还不准他交新女朋友，可笑吧？我自己觉得非常可笑，可我还是会逼得他答应，虽然我知道他那是应付。更可笑的事还多了，我们竟然说到2008年元旦那天在我们第一次认识的地方见面，如果还有缘的话就再在一起，我还说我不离开，就在这个城市等他，等那天的到来。可转身我就回家见了明，还去相了次亲，不过相亲没有成功，要不我这个时候肯定在家上班了。我常问我自己是个什么样的人，好像我什么都想抓在手里，结果什么都没有抓住。其实有时候我也挺困惑的，不知道该怎么办？你说我这种人以后会怎么样？会不会遭报应啊？我该怎么办呢？

KATE

KATE：

让我用古龙笔法开个头吧。

医生最讨厌死人，因为死人不需要看医生。

而所有研究爱情的人，最讨厌坚如磐石的爱情，因为这样的爱情没有困惑。

还好，这个世界上没有坚如磐石的爱情。虽然很多人宣称有，虽然所有的婚钻广告向它的消费者发誓有。但是，这样的爱情是很少的。知道这点，其实婚钻公司是很开心的，它巴不得你每一年买一次钻戒订婚呢。

那我们知道这点，要不要开心？按照真理规则，有人接下来的反应是这样的：这纯粹是胡说，谁坚持这样的看法，推出去砍了喂狗。

我坚持这样的看法，但是在我被狗吃了之前，给了一点时间，我解释一下这条真理，此人就会开心起来，最后发现，她的狗还是吃罐头狗食比较健康一些。

人有一个最基本需求——我知道，是性需求，我是受过高等教育的人，别以为我说不出“性”这个字眼，也不用想着跟我普及性知识……

不，不是如你所想，且听我把话说完，人有一个最基本的需求，是新鲜感。

这种对熟知的厌倦，并不是双子座的专利，而是人最基本的欲望，而是人的具有种群特色的存在方式，发乎本能，无法更改。

人有这个本能，所以爱情不可以坚如磐石。

其中的逻辑关系是这样的，本能这种东西，你不可能通过宣传教育或者惩罚打击来改变它，有人硬要劳民伤财这么做，表面上看来似乎得到了一群被矫正的新人，其实是被表象骗了，这些新人的本能全在，只不过是骗术长进了。

人的“新鲜”本能，在你与另一个人宣誓海枯石烂、天长地久之后，它照样存在，甚至过了一段时间后，会显得更为强烈。因为爱情中的两个人，灵肉合一了，新鲜感基本就消失了，哪怕你穿上啦啦队队服，助益也有限。新鲜感注定只能在得到与得不到之间摇摆时才最具魔力。

而爱情中的一点点松动提供了这种不确定性，或者说，来自两个人之外的诱惑松动了爱情。无论你怎么抗拒这种情形的出现，它是必然会出现的。你会面临着很多次摇摆，将那两个对比又对比，这两人可能都不知情，甚至没有说一句话，可是他们在你的心里，可能各自发表了一百次演讲，唱了一千首歌，最后才决出了胜负。诱惑力更强的那一方终于抱得美人归。

体会到这种危险，可能不太容易放纵自己，许多人把爱情当成了在订婚那天就扔掉了监狱钥匙的无期徒刑，从此以后，越来越丑陋，越来越粗鲁，搞得多年以后，对方想象起来，以为自己是被假象骗婚的，此时随便来个五音不全的人，都能赢得比赛。有个潜在的竞争对手，让你不会太胖、不会太霸道、不会太无趣、不会不爱洗澡，这对两个长久生活在一起的人来说，无疑是增加了幸福感。

只要我们还没有死，随时可能会去看医生，为了避免这种痛苦，身体就要好。

只要你还爱一个人，只要还有人爱你，不确定性就无法消失，选择就会存在，你或者你身边的人随时可能会消失，爱情随时会松动。

很惨吧？这可能已经是人类的报应了。

连岳

2005年11月2日

性交易可以精确计算，爱情不行

连岳：

您好！

很喜欢你的说话风格，我有些问题想请您给我指点一下，可以吗？多谢！

我是一名即将毕业的研究生，学校不是很好专业也不好。现在我的问题是，我的导师，比我大25岁的有家有室的男人，总是在纠缠我。因为我一直觉得自己是个很不错的学生，能力成绩都还可以，并且当初考进来的时候成绩非常优异，所以导师他也一直对我很满意，很喜欢我，把重要的课题都交给我做。但是那时候的“喜欢”应该只是出于老师对学生的欣赏，我也没多想。

我的导师在行政上是我们学校的领导，掌管着人事大权，同时他也是非常的忙，我们作为他的研究生，几乎见不到他的面，他也从来不联系我们，也没时间指导我们。可是我上了二年级后，他会经常给我电话，问一些比较关心人的问题，什么课题进展啊，个人生活如何啊，生活有无困难啊，等等。还会给我发短信息。

后来，打电话很勤，经常让我去他办公室随便聊聊，那个时候我的课题进展不是很好，也就经常过去，后来发现他好像对我关心过头了，然后我一直都避开他，但是他总是以课题为借口让我过去，有一天，他就和我说什么他喜欢我一类的话，然后就抱住我，我吓坏了，拼命挣脱后，他说他真喜欢我，还问我能不能接受他，我说不，永远不，你永远都是我的老师！除此以外，我不会有别的感觉。你再这样，我以后再也不敢和您接触见面了！他当时对我道歉，并保证以后不再这样，可是他时而打电话让我过去，改文章啊，什么的，我都尽量找人陪着去。

但是，他是导师，又是领导，许多学生都想巴结他，看到他欣赏喜欢的学生，他们也会嫉妒，然后互相排挤，我又不想别人知道他对我很好，所以也不能每次都拉人陪。现在，他依然如此，找我去，不过没什么太过分的举动，就是他要抱，我躲，然后我再强调不可能和他发展除了师生以外的感情。

可我真的为此很苦恼，每次都提醒他，他的妻子女儿，我的决心，他现在又和我说准备送我出国读博士，联系了，只是我愿意不愿意的问题，还说排除对我的个人情感，仅从他所有学生中选最合适的人，他也认为是我，因为我各方面都很不错。而我现在面临毕业，学校不好专业不好，就业很不乐观，无论是出国也好，不出国找工作也好，导师都能给我很大的帮助，想留校他一句话就可以，如果去高校就职，他帮忙推荐也不会有问题，他曾经和我说过让我留校，说心里话，我想去高校，但是这也要他帮忙才比较好。

所以我现在既不敢太正面极端地抵触他，更不愿委曲求全，委屈自己的感情甚至更多。可是我真的需要一份好的工作。

连岳，您能帮我解开我现在的迷茫和烦恼吗？

Emotion

Emotion：

看来现在的大学，除了读不到书，其他什么怪行状都碰得到。因为本专栏不关注大学改革，也无意教授、导师们的私生活，所以我们把注意力集中在你身上。还好，看来目前他只能玩玩“抱抱躲躲”的性前游戏，强奸这种事情可能还干不出来，我们还有安全的空间来探讨一下爱情，先让这个咸猪手在旁干着急吧。

为了让他急死，我从巴尔扎克说起吧。

巴尔扎克刚到巴黎时，借了一大笔钱订——书？不对，订了几套精致的衣服，在巴黎这个势利的地方，到处都是眼尖的小市民，行头不置好，就是天才出门也要招白眼。

再说个近一点的例子，好像是张国荣（或者是周星驰？记不太清了）作为新人刚和公司签约时，薪水少得可怜，可是公司合同条文明确规定他上下班得打的，发现坐公共交通工具，就要罚钱，当时一大部分的工钱都用来付交通费了。公司的理念是，你不先在排场上把小市民镇住，想成为明星，门都没有。

在一个精明的社会，小市民的心眼是可以利用的，你花力气教他们大气与眼界，还不如教驴拉小提琴，顺着他们，让他们的精明托举着你往上升。但是，你自己绝对不可成为过于精明的人，这样你就混迹于一堆占小便宜的人群当中，永无出头之日了。

有史以来，最成功的小市民是这样成长的：据说他刚懂事时，在路上捡到了五块钱，从此后，他走路时总是盯着地面，五十年后，他成果辉煌，共捡了一万多个扣子，一千多个硬币，三个钱包，不明物体（可是看起来有价值）十余件，信件七八封。虽然落下了驼背、高度近视等后遗症；同时因为过于专注，没时间恋爱，没时间看我的专栏，所以终身未娶，但，他非常非常满足于他的人生。

我的意思是，过于精明，除了让你被利用之外，除了让你的人生失去真正有趣的东西之外，毫无用处。

你若用这种小市民的精明来算计爱情，那么，你可能不配说“爱”这个字，你谈的是一桩性交易。

你现在其实是在进行一桩性交易，当然，你相当精明，也许只愿意给他个想头，或者让他抱抱，不能让他轻易攻上二垒三垒；而他那25年也不是虚长的，那25年积累的欲望也不会凭空消失，不让他上手就得不到他开列的好处，甚至，他可能会转向马上就愿意宽衣解带的女同学（所以，你以同学会“嫉妒”这个理由继续独自去见这样的买主，独占着交易权）。

性交易没有“多”与“少”的选项，你必须在“有”与“无”当中挑一个。说实话，你现在这样让他抱抱，想着利润最大化，已经在开始交易了。

性交易开始之后，相当准确的规律是：你会发现，买主越来越多，他们都看得出，你是标了价的。而你从此后看我的专栏，也会发现自己在状态之外了，这里面谈的，都是爱，而不是你依赖的皮肉生意。

连岳

2005年11月16日

男人是蝎子呀，他们忍不住

连岳：

因为高中时候的印象，我和刚结婚的老公A在上大学的时候谈了半年青涩的恋爱，因为不在一个学校和某些原因分手了，是我提出的。后来在学校里面又找了一个，称呼他为B吧，各方面都还不错，尤其对我很好，但在和他家人的接触当中发现了一个我当时认为很不能接受的事实，他恋母情结很严重，母亲甚至可以在生病的时候给他洗澡擦身子，天啊，我作为女朋友知道这个事情的时候有多难受啊，而B认为理所当然，于是就争吵，直至大四分手。那两年我因为这件事情变得心理不正常，看见歌颂母亲的文章都咬牙切齿地撕掉，发誓不找对母亲很好的男生。

毕业后因为A的邀请我来到了上海，我跟着心里的感觉和A走在了一起。高中到现在我们认识10年，A一直都很爱我，我在生活上也很宠A，在一起没多久他手里的锅铲和家务就全部扔给我了，而我也心甘情愿地过起了小日子。不过A的脾气很大，绝对的大男人，一点小事不合意就会冲我大叫，经常每个月都会大吵一架的，每次都是因为意想不到的小事，他不相让，在我息事宁人的时候也不懂得顺势罢手，有时连他朋友都感觉我就像一个男生，而他像一个女生一样撒娇难缠。我们的经济是在一起的，但是逢年过节他给家里留钱都从来不给我打招呼，这让我很不爽，觉得不受尊重。在两年的时间里面我在争吵中逐渐弄明白他脾气的根源——他家里的大男子主义氛围，他自小被他奶奶带大，和他奶奶的感情最深，由此和家人的感情也是深得异乎寻常。

我知道我完了，没碰到恋母情结的男生，却找了个性质一样的恋奶奶的男生。现在他慢慢地为我改变了不少，至少在脾气上面已经进步很多，但是在对待家人上面，问题却日渐显露。前两年刚工作没钱的时候他也是几千几千地给，现在有点钱了甚至是以万为单位地给，他说要实现对他死去奶奶的承诺，要让家里人都过得好，要知道他们没分家，可是五个小家庭的大家族啊，他每个家庭都要照顾，我简直要窒息了，他家里十多年前是穷，可现在做生意一点都不缺钱啊，虽不是富甲一方但在我们当地县城也是小康朝上了啊。对于家人，我一直觉得先表示点孝心好了，过几年在外面基础好了再多给钱就行，因为我家里也不缺钱的。

现在我和他已经登记结婚了，但是婚事没办。没想到结婚第二天他就说要拿一万块给他叔叔，要知道他今年单给他叔叔已经有一万了，而我家里买房子欠款我提前给他打招呼了的，他一点都没有提到，而且前两年他给家里钱我可是一分都没往家里拿过。太过分了，我狠狠地发脾气了，觉得不公平不被尊重。发脾气之后他说对不起我，他天生是操心的命，只有给得多他心里才好受些。

连岳，我们周一登记的，周二中午吵架，周二晚上他带两万回家，我连续两个晚上没怎么睡好。

依然迷茫

依然迷茫：

记得一个电影片断：一人被高明的心理医生分析得无地自容，于是发狠翻了医生的桌子，说：让弗洛伊德见鬼去吧。这是我们在面对真理时的态度，坚决不改，然后打碎真理的桌子。

我认为弗洛伊德还是有道理的，那些在恋爱、结婚之后，心里的标准依然是“我妈妈如何如何”的人，其实应该靠乱伦过日子，不要去害别人家的小姑娘。当然，乱伦禁忌是最具威慑力的社会规范，就是让妈妈洗澡的大男人，也不敢造这个次。那就更简单了，要把你的重心放在与你恋爱成家的这个女人身上，以妈妈为标准是错误的。

我其实蛮喜欢你的个性的，尤其是撕烂歌颂母爱的文章；而且，你在金钱上也并不小气自私。所以，问题都出在与之结婚的这个男人身上。这个男人，对那些他并无赡养义务，甚至并无经济上急迫感的长辈们透支经济能力，大撒金钱，代价是你们小家庭的经济的窘迫与“不可持续发展”。

这里面的动力是什么？弗洛伊德一下，他这样在家族里的形象是：豪爽、成功、能干、懂事、不怕老婆；完成了他期待中的“大男人形象”；而这种男人，也许是他死去的奶奶最喜欢的。最终是满足了“恋母情结”（这里的“母亲”角色被“奶奶”替换了）。

好，也许不必这么学术，直接说吧，像他这样一个男人，在他的那个小县城是会得到普遍奉承的，强大男人的尖峰体验是会让人上瘾的，而任何瘾，都可以通过钱来解决，况且钱还是给了自己的长辈。

再说得明白一些，这是衣锦还乡的虚荣啊。

虽然可以打肿脸充胖子，虽然男人们知道哪怕谎言明天就会被戳穿，也要这一刻的爽（当然，很多女人也是这样的，多到和男人一样多），但是，在一个越是大型的城市，比如上海，成功的感觉越难得到，需要一个人花更多的耐心。所以，他也许更沉迷于当下的陶醉。

哪怕代价是这让婚姻陷入了相当尴尬的境地。

我想到一个寓言。一只蝎子要过河，请青蛙驮它过去，这青蛙还蛮聪明的，说：我背你可以，你蛰我怎么办？蝎子说：不可能的，我不会拿我们的幸福开玩笑。青蛙挺好骗的，就让蝎子骑在自己身上，开始过河。到了河中心，青蛙忽然感到一阵刺痛，蝎子蜇了它！青蛙长叹一声，说：蝎子哥哥，你为什么这么糊涂？这下子我们两个都死定了！蝎子垂泪忏悔道：青蛙妹妹，我知道，可是我是蝎子呀，我忍不住……

这寓言的名字叫作：婚姻为何会不幸？因为男人的很多本性就像蝎子要蜇人一样，是一定要爆发的，虚荣就是其中的一种，甚至是为了陌生人一句恭维，也会干下令家人难以思议的蠢事。

你们可以财务独立，他挣的，除了分摊家庭的共同支出（包括预防未来危机的储蓄与投资），其他，就由他去吧，他若能赚，就让他去摆谱；不行的话，也不要让他动你的钱。

连岳

2005年11月23日

与宿命无关的
阳朔 ONE NIGHT STAND

亲爱的连岳：

你好！

我离开阳朔已经一个星期了，我离开他已经一个星期了，也整整哭了一个星期了，每天都哭。

我在阳朔住的是青年旅馆，9人间，他入住的第一天晚上，我们都没有交谈，呵呵，我还真不敢看那些蓝眼睛、高鼻子的小伙。

第二天中午，我从外面回来进入房间的时候，看到他在听音乐、喝咖啡，老外是真的会享受生活啊，国人无法比。

差不多晚饭时间的时候，他问我要不要一起吃晚饭，他说他很饿。

只是期间我有说一句：如果我喜欢一个人的话，才会和他说话。不然的话，我都不愿意多讲一句。这是我心里面想表达的。我指的喜欢，也是指看得顺眼。但让我翻译成英文真是太困难了。我说：If I like some guy, I will talk with him.

当他知道这是我在阳朔的最后一个晚上的时

候，他问我要不要去参加他们的PARTY。

在那样美好的景色里，在那样柔软的快乐的时光里，人太容易被触动，被感动。更何况我是个很感性的人、很理想化的人、很完美主义的人、很极端的人。

当我说了句“Don’ t look at me like that”的时候，他回了句“like what”的时候，我知道那种女孩的矜持、亚洲人的含蓄、自己的内敛，在刹那间土崩瓦解。开始拥抱，开始kiss，开始黏黏糊糊。

接下来，就更不需言语表达了。我们找了家环境很好的家庭旅馆。老外的思想和我们真不一样啊，他要求安静、视野好、舒服，让我感觉苛刻了。

进去之前，我们在门口坐了很长一段时间。因为我犹豫，因为他说不会勉强，因为我，女孩子的心理你应该能懂。

于是，我有了一个很美好的夜晚，能让我回忆一辈子的夜晚，能让我珍惜一辈子的夜晚。

他是真的很好，待我也很温柔，也许是他本身的个性如此。那些高素质的老外都很绅士，对女孩子都很温柔。我宁愿相信我们有缘分，我们双方有感觉，命中注定。

就像那晚之前我的月经刚刚结束，我宁愿相信一切都是宿命。

他吻遍了我全身的每一寸肌肤，我又惊又喜。

我们冲完冷水澡后（是热水出不来），拿浴巾裹着两个人的时候，我在他怀里颤抖的时候。

我们凌晨4点跑出去买水的时候，他都没让我穿内衣内裤。在安静的西街，他背我走的时候。

我是真的希望时间静止。

我喜欢摸他柔软的头发，喜欢睁大眼睛和他的大眼睛对视，喜欢碰他那比一般老外还要高的鼻子，喜欢他孩子般的笑，喜欢跟他接吻，喜欢他摩擦我的耳朵，喜欢……

他从他右手上摘下一个手链，戴在我的右手上，说“maybe I can give you this, takes from Nepal, it' s cheap”，然后笑了笑说“but it' s ok”。我再一次被感动了。因为那句“it' s cheap but it' s ok”。

亲爱的DENIAL啊，中国女孩的深情厚谊你能感受得到吗？

当我在整理行李的时候，他送我的手链断了，那一刻，我惊呆了，傻笑着。我想我的爱情在一分钟之内由老天给结束了。我拼命地寻找那些散落的珠珠，跪在寝室的地上找了半个多小时，终于被我找齐了。

思念DENIAL的女孩

思念DENIAL的女孩：

“中国女孩的深情厚谊”，DENIAL估计是不知道了，因为他看不懂中文，不过，他该知道的都知道了。我总觉得，一个人写文章，或者写你这种邮件，还是用单数第一人称“我”好了，我看到“中国女孩”时，总觉得有点怪诞之气，感觉你是中国女孩们选出的代表。

我在想，如果主持这个专栏的人也是个会写汉字的老外，对你来说，就更圆满了。“看到他在听音乐，喝咖啡”，这就让你得出“国人无法比”的结论，从表象到结论，其中是毫无逻辑性可言的。还好，这让我明白了你的思路，从这点到你在邮件中多处对老外的赞美，我猜想，你可能有老外情结。就是容易把一些比较优美、高贵的特征强行附加在他们身上。说实话，我并没有看出这个和你ONE NIGHT STAND的老外有何过人之处——也许只有你看得到？

这么说好像有点情绪，我姑且认为这么做完全是你自由意志的体现，看在你“又惊又喜”之时，还仍然不忘以“先天下之忧而忧”的胸怀，不断发出“国人”如何如何的感慨，我决定心平气和地说一些话，假装我也是一个外国人，接下来，请叫我DENIAL LIAN。我认为，把你这事切换到人种歧视、人格自卑的角度来说，就太无趣一些了，毕竟，你没有逼我去和DENIAL温存一番。

在20世纪后半叶，娱乐业高度发达以后，出现了一些少女群体，她们以追逐体育、娱乐明星为生活目标，整夜守候在他们下榻的酒店，并不梦想着能嫁给他们，最高理想是能和他们有一夜之欢。其中一些狠角色，完事之后，就以报警“强奸”为威胁，卷走数百万美元的封口费。你和这些少女是相同类型的人，只不过，你追逐的对象是老外——当然，是欧美老外，不是新马泰一带的——条件也不算高，鼻子高、大眼睛、孩子气的笑容、听音乐、喝咖啡，这些都不是难事，而现在老外满街都是，也就是说，这次不在阳朔，你肯定还能在某个地方与某个老外共赴巫山云雨。

我说得再明白一些，请你不要用“宿命”这个词语。他送你的手链断了，并不是像你所说的，是“老天”结束你的爱情，主要是因为“it′s cheap”，所以，“it is not ok”。不知你有没听过国人常说的一句话，便宜无好货。“宿命”“命中注定”“老天”这些大而化之的归因法，容易让人变蠢，把它们祭出来洒一通狗血，一件傻透了的事情，可能却变成了小资的梦幻性游记。

不过，无论如何，你实现了自己的梦想，不管他人如何讥讽，你开心就好。唯一让我感到不安的是，如果那晚你们没有用安全套，我强烈建议你去做艾滋测试，但愿老天不要和你开了恶毒的玩笑。

以后，再帅的老外，没有安全套，都不要和他们发生关系。

回完你的邮件，已经是深夜，虽然我很困了，可是还在犹豫，我是不是要熬着“听点音乐，喝杯咖啡”？国人当自强嘛……

连岳

2005年11月30日

方脑袋谈不了圆爱情

连岳：

你好。虽然经常看你的专栏，但是我以前没有那种把自己的事情向你张扬的想法，觉得无论对别人怎么样诉说，最后要解决问题，还是得自己想办法。可是这次，我实在是太气愤了，气愤的原因是我最近接连和几个大学同学见了面，对毕业后她们的生活有一些了解，突然发现这世界男人怎么都这样啊？

为了便于说明，我把她们编编号。A，是我大学同一宿舍的好朋友，人品很好，脾气也好，是个硕士，可是眼看就三十了，还没有男朋友，除了性格内向点，我真的不觉得她在婚姻市场上有什么太大的缺点，当然人长得也还不错，起码中等偏上吧。现在男人都喜欢什么样的女孩呢？千万不要以为她挑剔或者花心，她其实很想找个人安安稳稳过日子，是那种典型的贤妻良母型的女孩，可是就是没人追。迫于父母的压力，这个周日只好去参加八分钟聚会（就是速配Party，每个人和另一位异性有八分钟的谈话时间），这都哪跟哪啊，这么好的女孩竟然也要通过这种方式推销自己？

B，以前在学校的时候，我和她并不熟，后来工作了，在同一个城市，彼此很谈得来，她也是个硕士。前段时间好不容易开始谈恋爱了，对方是在交友网站上认识的，刚交往2个月的时候，我同学就说那个男的不错，她已经认定他是可以嫁的人，我也很为她感到高兴。可是上周同学却约我紧急见面，她说她感觉很不好，这男的不仅不愿意带B去他家里见他父母，也不带她参加任何他的朋友的聚会，而且拒绝见B的家人和朋友，B问他为什么，结果这个男的回答说，他觉得谈恋爱是两个人的事情，不需要把别人扯进来，B说，我谈恋爱是以婚姻为目的，这意味着我必须把家人和朋友牵扯进来，因为他们是我生活的一部分。结果这个32岁的男人很吃惊地说，我没有想过这个问题，竟然还会有这样的问题？我晕！

C，我大学时候的好友。她跟随着高中时候的同学、后来的男朋友在大学毕业的时候去了一个小城市，原因是这个男的在那个小城市找了一个还算不错的工作。她决定去的时候，连工作都没有落实，可想而知，期间吃了不少苦。现在C的事业逐步走向正轨，并且开始供她老公读研究生，可是拿着老婆挣来的钱在另外一个城市读研究生的男人并不领情，不仅不感激她当初为他所作出的牺牲，而且还与某位红颜知己有着不清不楚的关系。

连岳，你说这世上的男人都怎么了？都失去了辨别美丑、区分好恶的能力了么？这个时代真的只有怨女、没有痴男了么？我真是搞不懂了。不过据说你也是一男的，谁知道你有没有辨别美丑、区分好恶的能力呢？

一个很生气的家伙

一个很生气的家伙：

我确实是一男的。我没有辨别美丑、区分好恶的能力了。

这里只有C惨一点，先说说她吧，她的现状也是常态，爱情不太能算投入产出比。“我当年有付出，你就不能变心”？没这回事。什么都没错，错就错在两人分开在两地，男人还有一红颜知己，这是必然要出状况的。爱情常识是：相爱的两个人不能离得太远，不能太久不见。超过一个月，力比多就把男人变成禽兽了。更可怕的是，如果这男人没有变成禽兽，可能就有点，有点不行了……她的男人确实不像个好男人，不过，这关别的男人什么事？我记得原来有人建议，若要男人不出事，每天出门前例行掏空。这是把男人当作战神来看待了，不必如此严苛。可是把男人长期放在异地，这就是把他们想成圣人了。

你能辨别美丑、区分好恶，请你告诉我，这个世界上有圣人吗？如果有，有几个？

至于A与B，恕小人大胆，我认为她们过的都是正常的生活。倒是你老人家太过多事了，牢骚太甚防肠断哪。八分钟的速配PARTY有什么不好的？你认为道德上有缺陷，还是美感不足？事实上，现代的都市生活有将个人扁平化的趋势，就是你的生活空间与人际关系会变得狭窄，在熟人圈子里找到情人的可能性逐渐下降，许多人的爱情不能降临就是拜这种生活方式所赐，所以，各种拓宽人脉与接触面的方式都是值得尝试的。

“这么好的女孩竟然也要通过这种方式推销自己？”看来，你认定这种方式是丑与恶的，好女孩应该不屑为之？那么，好女孩应该怎么办呢？羞答答地坐在一角落，等一白马王子来发现？事实证明这行不通，不能让别人发现你是好女孩的好女孩，是一个比较笨的好女孩。如果好男孩也羞答答地躲在角落等人发现呢？他们怎么才能碰面呢？你硬要坚持羞答答地坐着等，我建议你在身前放一牌子，上书一行字：“好女孩，但是羞答答。”不过，现在这种诚信危机，别人可能又会把她当成个女骗子。

B碰见的人另类一些，可是，为什么爱情不能是两个人的事情？为什么不能不见对方的家人朋友？观念不同就散嘛。有人持此爱情观又有什么不可以？我晕！

罗素先生早就说过了，参差多态才是幸福的源泉。你是一受过高等教育的女性，应该懂得这道理吧？爱情也是没有固定模式的，如果你受的教育只是让你守着几条偏见过日子，遇上不同类的人，纵使他们绝无危害，也会让你怒气冲冲，那么，书可能都读到下水沟里去了。你的脑袋变成方形了，你会对许多圆形的东西生气，比如时钟、车轮、鸡蛋和屁股，它们除了圆一些，有什么错呢？

我虽然没有辨别美丑、区分好恶的能力了，可是我心善良，最后还是希望你的脑袋能恢复成圆形，对不同于自己的人，放轻松，也多一些尊重，别动不动就对男人种族屠杀，那样怨女就更没有盼头了。

连岳

2005年12月7日

既会感觉受伤害，又能产生快感

Hi，连岳：

设想一下吧，你是个中国女孩，22岁，从学校毕业，有名无实地上了一年多的班，不是很清楚自己该怎么样，事业仍是未知数。有个男朋友，日子就这样懒洋洋地自己一天天走着。而一个夏日的晚上，他高大、英俊、幽默，蓝钻般的眼睛带着笑意，那一刻，连岳，你会想什么？

他开车带我逛遍了上海和周边。是的，那时候的他，温柔体贴、风趣幽默，不同的文化背景更给了我们聊不完的话题。带他见朋友，更是我满足虚荣心的最佳时刻。人人告诉我，他看上去真不错。更何况他有车，家住古北，上班的公司跻身世界500强。如果是你，你会怎么做？而我，在接下来的几周里，和男友闪电分手，谈了两周的恋爱后，我们住到了一起。第一个晚上，我问他，为什么要追我？他懒懒地说，我喜欢亚洲女孩。对于满怀希望的我，这是第一道阴影。我不计较坏脾气的他，周末总是酩酊大醉的他，对我的工作和情绪不闻不问，但仍因为我有那么多的朋友而找茬吵架的他，只在床上说爱我的他。

选择放弃，就等于承认我可耻的虚荣心和所有的美丽都是假象。直到他合同期满，要带我回国成婚，我以为修成正果，而我的一生，也就将这样走下去。在异乡，也许是寂寞，也许是上海人所谓的作，在某一天的早上，我起床后的第一个念头，是回家。

回到上海，就是快乐，就是被禁锢四年的自由的爆发。一切，就只是有关于一个微笑，一个眼神，一次浪漫到死的烛光晚餐……而那一晚，第一次在生命中尝试了所谓的ONE NIGHT STAND……“小法国”——因为他的国籍而被朋友们取的外号。我们年龄相仿，而他就是那样宠爱着我，而我，也是第一次被人那样地宠爱着。

可惜在快乐的外衣下，那样的日子是折磨。而身体是诚实的，尤其是在你的灵魂说谎时。那段时间，我失眠、苍白、憔悴。连岳，再想象一下当时的我吧，二十七岁，中国女人，事业没什么大的进展，现任男友因一夜情而在一起，将来是我们还未讨论的话题。而另一方面，是你为之付出了四年的男人，等着为你披上嫁衣。

我以为爱情是人类情感无法到达的那种高度——全身心的付出和投入，贫贱不移，威武难屈，患难与共，生死相随。对我们来说太难了吧。事隔两年，最后我仍然没有嫁，婚礼前夕的再次逃离，绝对是灾难。回到这个我两度离开的城市，真心想弥补自己的过错，而那个我深深，深深爱着的人，拒绝再次携手。那么连岳请第三次想象我现在的模样，二十九岁，中国女人，没有男友，工作无聊但正常，而上海的冬天又来了。

年少时，因为无知而付出。而现在却因为相信了爱情而坚持。在我回来之后的日子里，我无法不和他保持联系，无法不想他，不找他。而他的态度，一直是坚决表示我们无法再次开始，但同时却也无法拒绝我的邀约。连岳啊，我只是知道，如果失去他，那将是我生命的唯一缺憾。在夜深人静的现在，我无法不问你，到底他在徘徊什么？恐惧什么？难道我所有的付出他看不到？难道曾经的伤害真的无法弥补？难道狠心的女人真的培养更狠心的男人？难道为了爱而改变是现实中的神话？

骂我自作自受吧，连岳，如果能被你骂醒，也不枉我自己挖了个那么深的坑，让你用嘲讽和冷静再加上刻薄的话语去填满它。

圣诞月

圣诞月：

你写了好几封邮件，我知道起因是前期的文章《与宿命无关的阳朔ONE NIGHT STAND》，那个“思念DENIAL的女孩”为她招来了数量可观的诅咒邮件之后，我觉得事情可能发展得过于情绪化了。钱钟书先生曾经刻薄地说过，小城镇女青年精心模仿的落伍时髦，是最不堪入目的画面。“思念DENIAL的女孩”那种难以抑制的“终于与老外有一腿”的狂喜，可能把钱先生描述的那种女青年演绎得太出色了，以致好像出现“狭隘的爱情民族主义”，许多人都顺着“思念DENIAL的女孩”式的逻辑说话，把男人分成“中国男人”与“老外”来说事。这非我所愿，所以潜意识里希望出现那些即使有人种差异，也能正常表述爱情要素的邮件出现。这种爱情构成方式，以后只会越来越多——如果中国人的心态能持续开放的话。

这时候你的邮件出现了——这种叙事方式多像言情小说呀——与我预期的有差距，但是相当不错了，先谢谢你。虽然我还是不习惯你邮件里面经常出现的“中国女人”这个集合名词。

你定的爱情标准“全身心的付出和投入，贫贱不移，威武难屈，患难与共，生死相随”，在这里报告一下，我是立正行礼念完的，然后才敢坐下来笑。你这样一个爱好新鲜感的姑娘，念叨的却是这样的大话，知行背离的坏习惯看来已经相当普遍了；不过要说一下，有时候知行背离是因为“知”显得太过神圣完美，永远不可能做到。让我告诉你一个悲观的常识，现在运行得不错的爱情在面对“贫贱、威武与患难”三恶人时，绝大多数是要完蛋的。抱歉，这话听起来有些刻薄，有时候客观陈述事实，就会有坏名声。有这个常识，人才要努力增加自己的力量以防止“贫贱、威武与患难”的出现，就像你若知道手里捧的是鸡蛋，你就不会用它去碰石头。

比如说，你的第一任中国男友如果能像那个“世界500强老外”一样满足你的虚荣，他可能就能保有他的爱情。爱情的常态，满足一点虚荣、得到一点狂喜、忍耐一些厌倦，这些都是寻常出现的情绪，所以，你可能爱后两个男人还多一些。你甚至都不是一个虚荣的女人，因为你能离开满足你虚荣感的男人，重新与那个最初的男人纠缠。你的困扰在于你是一个比别人更需要新鲜男人刺激的女人。他若接纳你，可能在最初的欢愉过后，你又会寻找下一个男人，这是你的感情发展的主要动力。这也可以解释你的三个情人，是特征迥异的男人，因为这使每一次转换都像来到了异邦。

我希望你的第一个男友能看到这期文章，最后这个建议是给他的，他要继续这样不冷不热，若即若离，忽隐忽现，绝不能明确关系，这样是最长久拥有你的最有效方法，从某种程度上说，也是最有力的报复手段。不过，这种爱恨交集的情感，对你来说，可能又是全新的体验，你可能既会感觉受伤害，又能产生快感。

我只能感叹一声，爱情，真是一个奇妙的巫术。

连岳

2005年12月14日

蝴蝶的假眼，
爱情的保护色

连岳：

你好！

我也是个去过阳朔、住过青年旅馆的女生，我住的青年旅馆里也有金发碧眼，身高1米9，年方18的可爱男生，每天早上起来我都会看着旁边床上那个雪白的、半裸的身体流一分钟口水（抱歉，我的确有一些好色，但请相信，我不代表现今的中国女孩），然后背着包出去骑自行车或者徒步。除了礼节性的招呼，我没有和那男生有任何瓜葛。想到那个“思念DENIEL的女孩”写的信，忽然之间就想起我当时的经历了，不免觉得“遗憾”，我当时居然没有和他one night stand一把，可惜了……

（以上非正题）

讲一下我的情况，26岁的普通长相的女青年，上完普通的大学，做普通的工作，本来愿望是找一个和我相仿的普通男青年，过普通的生活。但现在的情况是，我的男朋友比我大14岁，台湾人，离过婚——我打赌你现在的脑子里一定浮现出一个中年台湾商人的形象，呵呵，不是，他只是一个电子工程师，不会做生意，也没什么钱（即使有钱也被离婚搞穷了，呵呵）。来内地是因为工作的原因。

很难想象我居然我会对这样一个身材矮小，有隐约的啤酒肚，喜欢吃花生和士力架，心理年龄只有20多岁的男人产生兴趣。大约是某天我看到他修电脑时认真的模样，也可能是某天他突然蹲下来帮我系鞋带……呵呵，我突然也很想用“宿命”这个词了。这几天是我们开始恋爱的一周年，说“这几天”是因为去年的这几天他不断拒绝我，提醒我，不希望我跟他在一起，最后我也不记得是什么样的理由让他终于屈服，愿意跟我交往。这一年来，我觉得很开心，我们互相照顾，互相扶持，他离开以前的公司，开始自己创业，我也有稳定的工作。我们有说不完的话，即使是很无聊的事情，也会说得兴高采烈。我们有无数相像的爱好和观点。我深刻理解了什么叫“相见恨晚”。还好，我们终于遇见了。

对不起，我絮絮叨叨地讲一些其实没什么营养的话。但是我实在没有什么人可以倾诉，所有的人（包括我的好朋友）都或多或少觉得我跟他并不是因为真正的爱情，毕竟我们有较大的年龄差距，而他虽然不是富翁，但有美国的国籍（我想很多人都觉得我是因为这个原因才跟他在一起的）。我也不想多解释什么，我不会因为别人的看法而放弃我喜爱的人，连岳，也许你的年龄比我大，也许你见过很多虚假的爱情，所以不会那么轻易相信，我以前也不是很相信，但是现在，我信。

另外，我是一边喝着咖啡听着音乐给你写这封信的，这个自强的习惯我已经保持了很久。

SS

SS:

如果是第一次看《上海壹周》的人，可能你来信中的许多段落看不明白，这里面有一些“黑话”至少要读了一个月本专栏的人才能明了。我挺喜欢这种感觉，这像老朋友在聊天。在今天晚上，吃完饭坐在椅子上，吹着暖风，忽然就睡着了，半个小时后醒过来，想，这可能就是某种幸福的感觉吧。在遥远的古希腊，当时有些哲人不受权贵喜欢，被迫流亡，跑路了一天，找个避风的角落，身体在篝火旁逐渐回暖，紧张的神经一条条松弛，煮了一盆豆子汤，喝得半饱，然后彼此探讨一下哲学，那也是一种幸福的感觉。

不知为何，你的邮件让我从现实的幸福一觉中醒过来以后，仿佛又体验到了远古的幸福，那种可以平和地说事的放松感觉。这里面没有虚情假意，没有矫情，没有寻死觅活，没有炫耀，没有非爱因素，有的是适合老友在炉边漫谈的话引。

如果看过一点点DISCOVERY，你会发现许多动物有保护自己的绝活，越是柔弱的动物越有凶狠的表象。巴西亚马孙流域有一种蝴蝶，为了吓跑天敌，在翅膀上长了一对猛禽的眼睛，远远看过去，它像一只可怕的猫头鹰。

人一出生，就像一条肉乎乎的蛹——希望那些刚当妈妈的人原谅我——事实上，人在爱情产生之前，一直是不起眼的蛹，具有所有的丑陋特征。可是爱情一降临，它就会羽化成蝶，成为最美丽的生物，由于爱情的排他性，你在最重视你的人眼中，是世界上最不可缺失的人物，这种快感，可能就是蛹从皮囊中挣脱出来后第零点零一秒的感觉吧？这排他性在某一人爱情冷淡之后带来了痛苦，甚至是杀气，让许多人多数时间只能想到它的不便之处，而很容易忘了恰恰是它，将你从乞儿变成了王子。

但蝴蝶毕竟是最脆弱的物种之一，这点也很像爱情。

我们说回它翅膀上的假眼。不管你有意还是无意，爱情也需要这种虚张声势的恫吓手段，让身边那些世俗丛林里弱肉强食的“达尔文”动物不会攻击你，比如在他们的观念里，“美国国籍”是可让他们闭嘴的假眼，而在你心中，他修电脑的专注神情（据说这是IT时代的新必杀技），他为你系鞋带，你们的“相见恨晚”，你们可以兴高采烈地用无聊话消磨时光……这些才是爱情的轻逸。能用“假眼”让其他人不来攻击他的没钱、他的年纪、他的啤酒肚、他的身高以及你的“别有用心”，不是乐得轻松吗?

顺便要提个醒的是，亚马孙的蝴蝶只会用它的假眼迷惑敌人，它自己从不真的相信它有视力。而人却有可能会迷糊，有时候会迷失，希望假眼也能一点五，而真正的本质却遗忘了，以致全副身心，不惜虚构，也要让自己的“爱情”满足诸多看客的要求，这就像一只蝴蝶真的以为自己是猫头鹰，已经疯了，而且必然离死期不远。

连岳

2005年12月21日

关于爱情，
让我们从那真实的“一套”开始

Dear Mr. Lian：

我的生活非常平静：上班，工作，帮助朋友解决他们的烦恼。阳光跳跃，春天的年复一年的骚动绚烂至极。低头闻见自己身体散发的玫瑰芳香，可以清晰地分辨喧闹的人群里自己的独特性质。我会不间断地买昂贵的香水，排斥那些恶心发臭的体味，然而工作的一般收入注定我必须在拥挤的上下班车厢里扭曲身体。我如同老师一样教导我的“女学生”们如何拿捏感情掌握男人，如何避孕保护自己不受侵害，然而自己却一再地沉默犯错，沉默地和男人做爱什么都不设防备，犹如迷途小鹿。

经常这样地发生，一次又一次的深入。动作和语言之间的沟壑仍然那么巨大。像生命的过程不断重复地消耗，折磨肉体还是灵魂？不明白。

曾经听过一句话，没有爱的做爱是丑陋的。

这样，自然的欲望就可以安全而且健康地流入身体内部，接近艺术。

回忆的暗面，坦白地暴露出第一次爱的男人厚重地纠缠——酒精，自杀，叫嚣，烫伤的皮肤，流星，第一次圣诞节下雪的接吻。他轮廓鲜明的脸，眼神深沉如海。爱的海洋里盛放猩红色的玫瑰，义无反顾地付出和进入压倒我们意兴阑珊的容颜。仿佛凤凰涅槃般完完全全地自生自灭。芦苇永远脆弱，我们的爱情在他最后一个绝望的耳光中灭绝。

这样的一场幻境其后遗症确实不可设想，他的绝望也掐断我的奢望，当我再次地和别的男人爱却发现已经没有真情实意。身边的男人，进进出出，永远地扮演第三性关系。我仍然对我的“女学生”们说要她们珍惜爱情，珍惜美好的仅仅一次出现的缘分；仍然无法拒绝地让自己千疮百孔，似乎像是脱光衣服的尸体硬生生推进焚化炉，最好一瞬间成为一吹即散的粉末。四处沦陷。

生活的理智让我又重新选择了一个男人。处于一个顶端的阶段，周围光环照耀。和他接近不是贪图虚荣心。年少轻狂和桀骜不驯毕竟让我清醒很多，而他的介入带着沉淀了几十年智慧的老酒，浓香扑鼻地摆在我的面前。朋友说，那是老男人惯用的把戏。但是我又多么不希望它成为圈套。真情不能被简单地价值衡量，更不是简简单单的一句话或者一个名词能够涵盖的，一路走来都不容易，为何两颗破碎的心灵仍然要彼此折磨呢？同样，我从来不会把他当作最后的伴侣，正如也绝对不奢望我们能够相互虔诚拯救对方，企图改变双方的生活模式，破碎一个家庭进入另一个家庭，难道一定就没有最合适的方式让我们成为心灵的神明而不仅仅只是做爱姿势？难道男人到了这个年龄已经没有那么多的精力再次虔诚地成为柏拉图吗？

Lolita

Dear Lolita：

感谢你三四千字的邮件，删减成目前的长度，希望没有稀释你的意思。还好，我们要谈的重点留下了。

我有一套的。

我相当喜欢死掉的王小波先生，学着像他一样写文章，并不太难，他基本上是传承了优秀白话文的传统，尽量把话说得简单干净；跟着他一起熟读伯特兰·罗素的作品，花个三五年也能毕业；模仿他的文风写小说，许多人已经上路。可是和他一样把自己文章里提倡的自由价值、创作激情、诚实态度实践在自己的生活当中，这样的人，又有几个？以王小波的表象存在，并无美感。

作为一个以文为生的人，我在他死的那年忽然发现，"知行合一"是医治我们人格分裂、性格扭曲的良药，当然，它开始有点苦。你不能既赞美自由，文章一写完就回头去捞奴役的油水；刚刚描绘完勇敢者的性格，下一秒钟就回归怯懦；而用完形容词字典的所有词汇华美地铺陈之后，自己的生活却照旧是鸡毛狗血……这种生存状态是命运对人的惩罚，自己嘲弄自己、自己禁闭自己、自己凌迟自己。

所以，所有我宣扬的观点，我自己都做得到。所有在这些文字上体现出来的好恶，都是我真实的感受。

我说看到一个漂亮的姑娘能让我感到愉快，我在街头确实是会多看她们几眼的；我说我过不了美人关，我就确实是意志薄弱；我说爱情中性是重要的，我就一贯反感那些压抑性爱的举措；我说爱情中钱是不可少的，我就很高兴自己能赚更多的钱；我说肉体得让人感到可爱，我就会注重体形；我说灵魂得有点飞翔能力，我就能每天阅读四个小时……

我是打心眼里厌恶说那些自己做不到的道理，如果在上面堆砌了许多辞藻，我的生理反应都会产生。你不觉得这是对文明的侮辱吗？我们学会了这么难的象形文字，又会赋比兴，又有电影音乐，就用来写一篇虚伪的东西，那还不如当个文盲，像阿Q一样直接喊出："吴妈，我要困觉！"还倒发乎本心。

说回"我有一套"，我指的是安全套。

你作为他人的爱情顾问，说的其他道理，我不评论了，你让"学生"们要用安全套，而你自己无法实践这个原则。我相当错愕。使用安全套，让女性脱离意外怀孕的恐惧，对性爱双方的健康提供保障（如果你的性对象多于一人，你则是在对公共安全负责），这是现代爱情的基本教养。这是爱情当中最具操作性、最无争议的常识，按理来说，在性成熟时就应得到相关的知识，同时，也能方便地得到安全套。而我们的现状是，你这样一个能像司马相如一样写美文的爱情顾问也在忽略这条常识。

这就难怪我们的爱情普遍素质不高了，因为虚伪的风寒已经侵入骨髓。先解决形而下的安全套，再来面对形而上的疑难吧。

连岳

2005年10月19日

胭+砚
project

胭砚计划（按出版时间顺序）：

《天命与剑：帝制时代的合法性焦虑》，张明扬著

《送你一颗子弹》，刘瑜著

《暴走军国：近代日本的战争记忆》，沙青青著

《一茶，猫与四季》，小林一茶著

《摩登中华：从帝国到民国》，贾葭著

《说吧，医生1》，吕洛衿著

《说吧，医生2》，吕洛衿著

《我爱问连岳6》，连岳著

《国家根本与皇帝世仆——清代旗人的法律地位》，鹿智钧著

《父母等恩：〈孝慈录〉与明代母服的理念及其实践》，萧琪著

《故事新编》，刘以鬯著

《下周很重要》，连岳著

《亲爱的老爱尔兰》，邱方哲著

《诗人的迟缓》，范晔著

《群山自黄金》，莱奥波尔多·卢贡内斯著

《我爱问连岳1》，连岳著

《我爱问连岳2》，连岳著

《我爱问连岳3》，连岳著

《我爱问连岳4》，连岳著

《我爱问连岳5》，连岳著

腘+砚
project

图书在版编目（C I P）数据

我爱问连岳 . 1 / 连岳著 . -- 上海 : 东方出版中心,
2020.2
(腘砚计划)
ISBN 978-7-5473-1566-8

Ⅰ. ①我… Ⅱ. ①连… Ⅲ. ①随笔－作品集－中国－
当代 Ⅳ. ①I267.1

中国版本图书馆CIP数据核字(2019)第243597号

我爱问连岳1

著　　者　连　岳
统筹策划　彭毅文
责任编辑　肖　月
装帧设计　张　琪

出版发行：东方出版中心
地　　址：上海市仙霞路345号
邮政编码：200336
电　　话：021-62417400
印 刷 者：上海盛通时代印刷有限公司

开　　本：890mm×1240mm 1/32
印　　张：8.5
字　　数：156千字
版　　次：2020年2月第1版
印　　次：2020年2月第1次印刷
定　　价：49.00元

我爱问连岳

1

连岳 著

東方出版中心

胭+砚
project